# 地獄の掟

## 闇目付参上

鳴海　丈
Narumi Takeshi

文芸社文庫

〈地獄の掟　闇目付参上〉目次

事件ノ一　娘盗賊《むすめとうぞく》の裸身　5
事件ノ二　無惨・死人講《しびとこう》　53
事件ノ三　淫煙《いんえん》の比丘尼《びくに》　105
事件ノ四　辻斬り狩り　159
事件ノ五　地獄の掟　211
あとがき　265

# 事件ノ一　娘盗賊の裸身

# 1

「む……?」

幻小僧《まぼろしこぞう》は、ぎくりとして足を止めた。

夜空に浮かんだ櫛《くし》のような形の月が、江戸の町並みを、まるで海の底のように青白く照らし出している。

深閑として寝静まっている甍《いらか》の波の中で、動いている者は、千両箱を左肩に担いだ幻小僧だけのはずであった。

ところが、今、飛び移った呉服屋の屋根の上に、人影が横になっていたのである。

そして、その影法師《かげぼうし》が、むっくりと起き上がったのであった。

「遅かったな」と影法師が言った。

「厳重に鍵をかけた土蔵の中に、幻の如《ごと》く押し入り、金銀家宝を奪い、『参上』の二文字を壁に残して幻の如く消える――しかして、誰いうともなくついた呼び名が〈幻小僧〉。その幻小僧も、田島屋《たじまや》の蔵の南蛮錠には、てこずったと見える」

それは、長身痩軀《そうく》の武士であった。

墨流《すみなが》し染めの着流しに、籠目小紋《かごめこもん》の袖無《そでな》し羽織という姿。女物の錦織《にしきおり》の帯に、大小の刀を落とし差しにしている。

月代《さかやき》を伸ばして、項《うなじ》のあたりで括《くく》った髪を、無造作に背中に垂らしていた。その髪型からして、主《しゅ》持ちではなく、浪人者ということになる。

「何者だっ、てめえは！」

千両箱を屋根瓦《がわら》の上に置いて、圧《お》し殺した声で幻小僧は問う。

「闇目付《やみめつけ》――と名乗っておこうか。お前に、少しばかり聞きたいことがあって、ここで待っていた」

天竺《てんじく》からの渡来者の血を引いているかと思えるほど彫りの深い顔立ちが、月の光でさらに陰影が濃くなり、ぞくりとするような美男ぶりであった。

しかも、切れ長の双眸《そうぼう》には、何ともいえぬ昏《くら》い鬼火のような光が宿っている。

その眼光に射竦《いすく》められそうになった幻小僧は、「くそっ」と小さく罵《ののし》って、懐《ふところ》から匕首《あいくち》を抜き放った。

小柄な盗人《ぬすつと》である。

濃紺の着物を臀端折《しりはしよ》りにして、胸元にきつく白い晒《さら》し布を巻きつけ、黒の川並《かわなみ》と足袋を穿《は》いていた。

これも濃紺の手拭いを盗人かぶりにしているので、人相はよくわからないが、まだ若いようだ。

「やめておけ」と浪人者は言う。

「お前の身のこなしから見て、一流の盗人であることは間違いないが、殺し合いが得《え》手《て》とは思えぬ」

「やかましいっ」

甲高い怒声とともに、幻小僧は突きかかって来た。浪人者は、渓流を泳ぐ若鮎《わかあゆ》のように華麗な無駄のない動きで、その突きをかわす。

「……………」

わずかに眉《まゆ》をひそめて、怪訝《けげん》な面持《おもも》ちになった。

「抜いて見ろ、三一《さんぴん》め！　くたばれっ」

今度は軀《からだ》ごとぶつかるようにして、幻小僧は突きかかった。

それをかわしつつ、浪人者の右手が閃《ひらめ》いた。月光を弾いた刃が二つの弧を描いたのは、一瞬のことである。

ちんっと大刀が鞘《さや》に納まる音が響いた時、たたらを踏んだ幻小僧の着物と帯と晒しが、前後から真っ二つに切断されて、彼の足元へ落ちた。

「あっ」

上半身が裸になってしまった幻小僧は、両腕で我が胸を抱くようにする。何と、その胸には、小ぶりだが二つの乳房がついているではないか。

つまり、幻小僧は女――若い娘だったのである。

次の瞬間、浪人者の大刀の柄頭《つかがしら》が、幻小僧の白い腹に突き入れられた。

「う……」

からりと匕首を落として、幻小僧の軀は、くたくたと崩れ落ちた――。

徳川十一代将軍・家斉《いえなり》の治世。町人文化がその爛熟期《らんじゆくき》を迎えた文政十二年の、ある初夏の夜の出来事であった。

*2*

「――おい、お凛《りん》」と父の吉蔵《きちぞう》は言った。

「なんだ、そのへっぴり腰は。そんな足捌《さば》きじゃ、獲物を担いで屋根の上を走ることはできねえぞ。久米《くめ》の仙人じゃねえが、あっという間に転げ落ちて、地べたに叩きつけられちまう。よしんば、落ちなかったとしても、瓦が、がたがたと鳴って、役人や捕方《とりかた》に気づかれちまうよ」

「だって、御父《おとっ》つぁん……」

「馬鹿野郎。何遍《なんべん》言ったら、わかるんだ。修業中は、俺《おり》ァ、お前の親父じゃねえ。師匠だ。お凛……じゃねえ、凛之助《りんのすけ》。どいてみろ」

地蔵の頭くらいの丸い石が、一間《けん》──一・八メートルほどの間隔で三個、地面に置かれている。

その三個の石の上に、細長い二間の丸太が渡されていた。

吉蔵は、左手に持っていた木の杖《つえ》を投げ出すと、その丸太の端に右足をかけた。

それから、呼吸を整えて、ふわりと左足を丸太の上に乗せる。

普通の者が乗ると、石が転がって丸太が落ちてしまうのだが、吉蔵が乗っても丸太は全く動かなかった。

十歳の凛之助──男装のお凛は、真剣な表情で、父親の足元を見つめている。

「見ていろよ」

吉蔵は、滑るような足取りで、丸太の上を走る。

片足が利《き》かない者とは信じられないほどの速さであった。

が、あと少しで渡り終えると思われた時、ごろっと石が転がって、吉蔵の軀は地面に倒れてしまう。

「あっ！」

お凛は、あわてて父親に駆け寄り、助け起こした。

「大丈夫かい、御父つぁん」

「こいつめ、まだ御父つぁんと呼びやがる……へへへ。だらしねえもんだ。昔は、〈飛燕《ひえん》の吉〉と呼ばれて、江戸中の屋根瓦の上を縦横無尽に駆けまわった俺だが、左足を怪我《けが》したばっかりに、盗人は廃業だ。一年前、あの捕方の刺又《さすまた》をかわしそこねたばっかりに……たかが、二間ばかりの丸太も渡れやしねえ」

吉蔵は、厚い唇を歪《ゆが》めて自嘲《じちよう》する。

「なあ、お凛。俺が無理を言ってるのは、百も承知だ」

「……………」

「盗人の修業は、五つか六つから始めて、ようやく本物になる。お前は、もう十で、しかも女だ。もうすぐ、女の印《しるし》も始まるだろう。今から盗人修業は遅すぎるかも知れねえ。だがな、俺の子はお前だけ。俺の跡目を継いでくれるのは、お前だけなんだ。死んだ御母《おつか》さんに瓜《うり》二つのお前だから、磨けば玉《たま》の輿《こし》にでも何でも乗れるだろう。それを知って、あえて言うんだ。頼む、お凛。立派な盗人になってくれ。そして、町奉行所の役人どもの鼻を明かして、御父つぁんの無念を晴らしてくれ。この通りだ」

吉蔵は、地面に両手をついて頭を下げた。

「御父つぁん……手を上げて。師匠が弟子に土下座しちゃ、おかしいよ」

臂端折りに川並という姿のお凛は、立ち上がって、丸太と石を元のように直した。

それから、大きく深呼吸すると、丸太の端に右足をかける。

左足の踵《かかと》が地面を離れたと見えた瞬間、腰を落とし気味にしたお凛は、吉蔵の倍の速さで、丸太の上を走っていた。

そのまま走り抜いて、さっと丸太から降りる。

「よくやった、それだ！」

喜びのあまり、吉蔵は、お凛を抱きしめた。

「さすが、俺の娘だ。お前には天賦《てんぷ》の才能がある。頼んだぜ、二代目！」

「わかったよ、御父つぁん……」

御父つぁん………と、もう一度呼んで、幻小僧のお凛は、はっと目を覚ました。

そこは、林の中の盗人修業場ではなく、荒れ果てた寺の本堂であった。その板の間に、十八歳のお凛は後ろ手に縛られて、転がされていたのである。

この時代——医療の未発達と乳幼児の死亡率が高かったことから、一説によれば、庶民の平均寿命は三十代半ばであった。それゆえ、お凛の年齢は現代でいえば、二十代半ばくらいといえよう。

お凛は上半身は裸で、無論、胸乳《むなぢ》も剥《む》き出しだった。

そばに、千両箱が置いてある。百匁蠟燭《ひやくめろうそく》が明々と燃え、その向こうの須弥壇《しゅみだん》に、闇目付と名乗った浪人が腰を下ろしていた。

「目を覚ましたようだな、幻小僧」

3

「この野郎っ！」

お凛は上体を起こしたが、勢いがつきすぎて、反対側へ倒れてしまう。両足も縛られているので、軀の自由がきかず、バランスが取りにくいのだ。

「俺《オイ》らを、どうするつもりだっ」

もがくようにして上体を起こしたお凛は、自分の胸が剥き出しになっていることに気づいて、あわてて俯《うつぶ》せになる。

「先ほども申した通り、お前に聞きたいことがあるのだ」

闇目付という浪人者は、落ち着いた口調で言う。

「へんっ！　最近の二本差《にほんざし》は、礼儀ってものを知らねえな。人にものを尋ねる時には、まず、自分の方から名乗るもんだ――と唐土《もろこし》の本に書いてあるんじゃねえのかいっ」

圧倒的に不利な状況にあるというのに、威勢のいい啖呵《たんか》を切るお凛だ。

眉は細いが、くっきりと濃い弓形で、黒みがちの大きな目である。

口は小さいが気の強さそのままの山形をしており、両端が窪《くぼ》んでいる。そして、下唇が、ぽってりと厚い。

定規をあてがって引いたかと思えるほど鼻筋が真っすぐに通って、鼻梁《びりょう》が高く理知的な鼻であった。しかし、小鼻のふくらみが非常に小さく、丸みを帯びているので、男っぽい印象を和らげている。

全体的に見ると、中性的で美少年のような雰囲気と、年ごろの娘らしさとが微妙に入り混じって、不可思議な魅力を醸成していた。

盗人修業のためか、まるで若鹿のように、四肢の筋肉が伸びやかに発達している。

顔や手足は日に焼けて黒いが、晒しを巻いていた胸は、きめの細かい雪白《ゆきじろ》の肌である。

「なるほど。これは一本とられたな」

浪人は苦笑した。

「俺の名は、結城嵐四郎《ゆうきらんしろう》。そして、闇目付でもある」

「お大名を監視する大目付や、お旗本を見張る目付という役職は聞いたことがあるが、闇目付なんて知らねえぞ。騙《かた》りじゃねえのか、嵐四郎の旦那よォ」

「お前の名はお凛。いや、普段は研屋《とぎや》の凛之助と名乗っているそうだな」

嵐四郎は、お凛の皮肉を無視して、言う。

研屋とは、肩に担いだ棒の両端に、数種類の砥石《といし》を入れた台箱をぶら下げて、町中を廻る商売のことだ。

軒下《のきした》や勝手口で、包丁や鋏《はさみ》だけではなく、頼まれれば鋸《のこぎり》の目まで研ぐ。

「研屋をやっていると、商家の勝手口から、じっくりと家の様子が観察できるだろうな。徒党を組まぬ一匹狼の盗人が、獲物の下見をするには、ぴったりの表稼業だ」

「……」

「それに美しいお前が男の格好をすれば、商家の女中や娘だけではなく、衆道《しゅどう》趣味の手代《てだい》や番頭《ばんとう》までも、なびくだろう。これも内情の聞きこみをするのに、好都合だろうな」

「う、美しい……？」

お凛は、うろたえたように目を伏せる。

「馬鹿……馬鹿野郎。こちとら、堅気の小娘じゃねえんだ。そんなお世辞で喜ぶほど、安くはねえやっ」

そのくせ、耳たぶが赤く染まっていた。

「ところで、幻小僧凛之助。お前、先月の三日の深夜、石町《こくちょう》の薬種問屋・和泉屋《いずみや》から、家宝の黄金観音を盗み出したな」

「それがどうした」

「あの後、和泉屋の一家五人のみならず、奉公人九人も含めた全員が、食当たりで死んだのを知っているか」

「……ああ」

お凛は決まりの悪そうな顔になる。

「あんな事になるんだったら、観音像を盗むんじゃなかったよ。何だか、俺らが和泉屋の運を奪ったようで、後味が悪いや」

「……………」

嵐四郎は立ち上がって、俯せになっているお凛の脇に来た。

「あの黄金観音、どこにある？　それとも、もう、裏買《うらが》いに渡したのか」

裏買いとは、現代の言葉でいえば、〈故買屋〉に近い。裏買い人ともいう。

盗人や掏摸《すり》が、盗品を直に古物商に持ちこむと、足がつきやすい。

そこで、江戸の暗黒街では、仲介者に盗品を渡して安全に換金してもらうシステムが、自然発生的に生まれた。それが裏買いである。

裏買い人は、盗人から預かった盗品を、配下のごろつきなどに古物商へ持ちこませる。

そして、売値の四割を手数料として取り、あとの六割を依頼者に渡すのだ。

もしも、店へ持ちこんだごろつきが町奉行所に捕まっても、その品物は偶然に拾っただけと言い張って、絶対に口を割らない。

その代わり、裏買い人は、牢内《ろうない》への付け届けから、残された家族の世話から、何から何まで責任をもって面倒を見る。

依頼者の盗人も、その場合は一文も貰《もら》わずに諦《あきら》めるだけではなく、かかった経費の一部も負担するのが不文律だ……。

「裏買いのことまで知ってるなんて。お前さん、ただの浪人じゃねえな」

「お凛。俺の訊《き》いたことに答えるのだ」

「さあ、ね。俺ら、江戸っ子だぜ。そんな昔のことは覚えちゃい……おおっ、抜きやがったな！」

嵐四郎は、大刀を抜き放って、片手上段に構えた。

気丈な男装娘は、蒼白《そうはく》になりながらも、

「き、斬《き》るのか。面白れえ。どうせ、役人に捕まりゃあ、小伝馬町《こてんまちよう》で首と胴が泣き別れになる稼業だ。いいとも。すっぱり、やってもらおうか」

震えの混じった声で、そう捲《ま》くし立《た》てた時、嵐四郎の大刀が一閃《いっせん》した。

「うっ……あれ？」

お凛は、ぎゅっと閉じた目を、ゆっくりと開いた。

軀のどこにも痛みはない。が、腰から下が、何か妙に頼りない感じがする。

「あっ」

首をねじ向けて、肩越しに下半身を見たお凛は、顔に血が昇った。黒の川並が、正中線に沿って縦一文字に斬り裂かれていたのである。

女であるお凛は、川並の下に何も身につけていない。

当然、少年のように引き締まった真っ白な臀が、剥き出しになっていた。そのくせ、珠《たま》の肌には毛一筋ほどの傷もついていない。

「何をしやがるっ、この色ぼけ野郎！」

軀を横向きにして、男の目から少しでも臀部《でんぶ》を隠そうとしながら、お凛は喚《わめ》いた。

が、納刀した嵐四郎は、板の間に片膝《ひざ》をつくと、男装娘の軀を軽々と転がして、臀を手前に向ける。

それから、右の掌を臀の割れ目にあてがった。お凛の軀が、びくっと震える。

丸く張りつめて、弾力のある素晴らしい双丘であった。

「お前は男知らずの生娘《きむすめ》だな、お凛」

「………」

お凛は唇を噛《か》み、悔しそうに嵐四郎を睨《にら》みつける。

「安心せい。お前の操《みさお》を潰《けが》すつもりはない。ただ、喋《しゃべ》りやすくしてやるだけだ」

いささかの淫心《いんしん》も感じさせぬ声音で、そう言うと、結城嵐四郎は、中指を臀の割れ目の中に滑りこませた。

谷底を撫《な》で下ろして、背後の排泄孔に近づく。

と、そこには直接触れずに飛び越して、蟻《あり》の門渡《とわた》り——すなわち、会陰部《えいんぶ》に達した。

前門と後門の中間地点であるそこを、中指の腹で、じっくりと撫でる。

そうしながらも、残りの四本の指は、微妙な強さで臀の双丘や内腿《うちもも》を刺激していた。

太腿をきつく締めて、男の指の自由を奪おうとするが、元々、女の内腿の付根には菱形《ひしがた》の小さな隙間《すきま》があるため、どうにもならない。

「く……くそォ……」

お凛は目を閉じて、必死に官能の波動に耐える。

しかし、十八娘の若い肉体は意志の力を裏切って、その秘めやかな深淵《しんえん》から、熱いものを分泌させてしまった。

それを見極めたように、嵐四郎の指が、するりと花園の中に滑りこむ。

「あふっ」

溢《あふ》れる愛汁でぬかるみのようになっているそこへ、男の指は鉤《かぎ》型に喰いこんだ。そして、女の急所を知り抜いている動きで、乙女の肉体の炎を燃え上がらせる。

「んんぅ……だめ……堪忍してぇ」

お凛は、さっきまで啖呵を切っていた人物とは信じられぬほど可愛い声で、哭《な》いた。

その真っ赤になった耳に、

「黄金観音像は今、どこにあるのだ」

嵐四郎は囁《ささや》きかける。

「ふ…古物屋の義助《ぎすけ》に売った……五十両で……」

自分で触れる時とは比べものにならぬほど強烈な快感に、お凛は、半ば意識を失っていた。

「裏買いを通さずに、直接、古物屋へ持ちこんだのは、どういうわけだ」

「義助に……『和泉屋の黄金観音だけは盗めないだろう』なんて言われたもんだから……俺ら、頭にきて……」

「唆《そそのか》されたというわけか。その義助の店は、どこにある」

嵐四郎の指戯に狂って、お凛は何もかも答えた。

すると、男の指はお凛の臀の孔《あな》をも捉えた。前門と後門の同時双孔責めを決行する。

快楽曲線が急カーブを描いて上昇し、

「………アァっ！」

男装娘は目も眩《くら》むような絶頂に達して、花園から大量の果汁を噴出しながら、失神してしまう。

――ややあって、お凛は意識を取り戻した。

「ん……？」

両手と両足の縄は切断されていた。

そして、軀の上に籠目小紋の袖無し羽織がかけてある。結城嵐四郎のものであった。

その嵐四郎の姿は、どこにもない。

蠟燭の減り具合からして、四半刻《しはんとき》――三十分近くも失神していたらしい。

「まさか……」

お凜は不安げに、己れの秘部に指を走らせた。そっと、内部をまさぐる。

生娘のままらしい――とわかった。

ほっと安堵《あんど》する気持ちの中に、なぜか落胆するものがあったのは、なぜであろうか。

ふと気づいて、千両箱の蓋《ふた》を開けて見た。中身は無事であった。

つまり――あの闇目付・嵐四郎は、千両の大金と生娘の肉体を前にして、そのどちらも奪うことなく、立ち去ったのである。

幻小僧のお凜は、猛烈に腹が立ってきた。

「ふざけやがって……よくも、俺らに恥をかかせたな。ぶっ殺す！　結城嵐四郎め、必ず、ぶっ殺してやるぞっ！」

4

翌日の朝――浅草広小路《あさくさひろこうじ》は、いつものように金龍山浅草寺《きんりゅうざんせんそうじ》に参詣《さんけい》する善男善女で大いに賑《にぎ》わっていた。

梅雨直前の、よく晴れた蒸し暑い日で、茶店の縁台《えんだい》で扇子を使っている者も多い。

東仲町《ひがしなかまち》の居酒屋の角で、その若者は五合徳利を手にして、道ゆく人の流れを、じっと観察していた。

この若者——名は庄太《しょうた》という。年齢は十九だ。

背丈は並だが、小さな目鼻や口が肉の中に埋もれてしまうのではないか——と思えるほど真ん丸の顔で、全身これ脂肪の塊《かたまり》、凄《すご》い太鼓腹である。

あまりにも顎《あご》の肉が厚いので、首がないに等しく、顎の肉が胸と密着していた。まるで、雪達磨《ゆきだるま》や鏡餅《かがみもち》が着物をまとっているような按配《あんばい》である。

「ん……」

蔵前《くらまえ》通りの方から、商家の隠居と見える恰幅《かっぷく》のいい十徳《じっとく》姿の老人が、こちらへ歩いて来るのを見て、黒豆を埋めこんだような庄太の小さな目が、急に輝いた。

庄太は店の角に身を潜め、その老人が陽射しを避けて軒下を近づいて来るのを、安っぽい五合徳利を胸に抱いて待ち受ける。

「あっ」

そして、老人が通り過ぎようとした時、ぱっと飛び出した。

「おっと」

老人にぶつかる寸前、庄太は身をひねってかわしたが、かかえていた徳利は地面に落ちて、砕けてしまう。酒の匂《にお》いが、周囲に広がっていった。

庄太は、ぺこぺこと頭を下げながら、

「あ、あの、すいません。ご隠居さん、怪我はねえかね」

「いや、私は大丈夫だが。お前さんの徳利が……」

「あっ、大変だっ」

そこで初めて、庄太は、割れた徳利に気づいたような顔になり、

「折角の下《くだ》り酒が……御父つぁんに飲ませようと、副島屋《そえじまや》から買って来た下り酒が……ああ、俺ァなんて間抜けなんだろう」

幼児のように泣きべそをかいて、地べたに両膝をついた。愛敬たっぷりの容貌《ようぼう》なだけに、そうやって泣き顔になると、無類の善人のように見える。

「これこれ、いい若い者が往来で泣いてはみっともない。さあ、立ちなされ」

「でも、ご隠居さん。この酒は、長患《ながわずら》いの御父つぁんが、長屋で楽しみに待っている下り酒なんです。一生に一度でいいから、美味《うま》い下り酒を存分に飲んでみたいもんだ――というので、俺が貯めた給金で、ようやく買って来た酒なんですよ。たった五合しか買えなかったが、それでも、俺には精一杯の……ああ、それが、こんなことに……」

「ううむ……わかった、わかった」

十徳姿の老人は財布を取り出し、幾ばくかの金を包んで、庄太のぽってりした手に握らせる。

「ご隠居さん、これは」

「いいから、新しい酒を買っておいで」

「でも、ぶつかりかけたのは、俺が急いでいたからで、ご隠居さんには何の落度もねえのに……」

「なあに、お前さんの親孝行に感じ入って、この年寄が手助けしたくなったまでのこと。さあ、御父つぁんが待っているのじゃないかね」

「ご隠居さん、俺……ぜひ、お名前を聞かせてくだせえ」

庄太は、涙でぐしょぐしょになった顔を、片手でこすりながら言う。

「私かね。まあ、物好きな年寄だと覚えていておくれ、ははは」

「ありがとうございます。今度、お会いした時には、必ず、この御恩返しをしますから」

くどいほど頭を下げてから、庄太は蔵前通りの方へ走りだした。それを満足げに見送ってから、老人は東本願寺《ひがしほんがんじ》の方へ歩き去る。

ややあって、黒船町《くろふねちょう》へ向かったはずの庄太が、元の居酒屋の角へ、こっそりと戻って来た。

居酒屋の勝手口から、板場にいる親爺《おやじ》に、

「おい、とっつぁん。次の徳利を出してくんな。一分《ぶ》とは、あの爺様《じいさま》も豪気だぜ」

「おめえも罪なことするなあ、庄太。あんな人の善《よ》い年寄を騙《だま》して、気が咎《とが》めねえか」

「馬鹿言っちゃいけねえ。今ごろ、あの爺ィ《じじ》はなあ、『今日は良い事をした、徳を積んだ』って、喜んでるんだぜ。俺も満足、爺ィも満足、とっつあんも安酒と徳利が売れて満足、これが三方大満足ってやつよ」

「何だか、わかったような、わからねえような……まあ、いいや。ほれ、新しい徳利だ」

「ほいよ。おっ、今度は、あの婆《ばあ》さんにするか。当たり屋の〈泣きべそ庄太〉の腕の見せ所……いや、泣き所か。へっへっへっ」

再び居酒屋の蔭《かげ》に隠れた庄太は、タイミングを計って、白髪《しらが》頭の老婆の前へ飛び出した――はずだったが、ぴしっと眉間《みけん》を白扇で打たれて、たたらを踏んだ。

竹刀で殴打されたかのように目が眩んで、本当に徳利を取り落としてしまう。

しかし、その五合徳利は割れなかった。

墨流しの着流しを着た浪人者が、それを空中で、ひょいと受け止めたからである。

「な、な、何をしやがるんだ、おうっ」

片手で眉間を押さえながら、庄太は、精一杯に凄味をきかせた。

が、その浪人者は、徳利の栓を抜いて中の酒を口に含むと、それを地面に吐き捨てる。

「京の下り酒にしては、えらく雑な味だな」

「……ど、どうも、お見逸《みそ》れしました」

庄太は逃げ腰になった。腕っぷしには自信がないだけに、相手が並の腕前でないことを見抜いたのである。

「まあ、待て。お前に聞きたいことがある」

「すいません。二度と当たり屋はしませんから、ご勘弁くださいっ、旦那」

長身痩軀の浪人者――結城嵐四郎は、かすかに苦笑して、

「この辺りに、義助という男の古物屋があるはずなのだが、知らぬか」

## 5

江戸において、古いものを扱う業者は〈八品商〉と呼ばれている。

質商、潰《つぶし》金銀商、刀剣商、古着商、古道具商、古金売買商、火事道具商、古書売買商がそれであり、その取り扱い品目が明確に分けられている。

しかし、いつの時代でも庶民のやることは同じで、お上の決めた規則を表向きには遵守しているようにみせて、実際には、その規則を掻《か》いくぐって商いを行なっていた。

たとえば、庶民は純金の細工物を持つことは禁じられていたから、純金の煙管《きせる》を持ちこまれた質屋は、受け渡し証文には〈鍍金《ときん》〉と書く。

純銀の場合は〈四分一《しぶいち》〉と書く。銀が四分の一、銅が四分の三の朧銀《おぼろぎん》と呼ばれる合金のことである。

また、刀剣はともかくとして、旗本が鎧兜《よろいかぶと》などの武具を質入れしたり、大名の家紋が入った品物を質入れすることも禁じられていたが、旗本や大名とて背に腹はかえられず、やはり、こっそりと質屋や古道具屋に持ちこんでいたのだった。

そして、刀剣商や古道具商が、武具を一時預かりして金を貸すという質屋の真似事も、広く行なわれていた――。

田原町《たわらまち》三丁目の端に、義助の店舗はあった。

間口《まぐち》が二間《けん》――三・六メートルだから、あまり大きな構えではないが、板戸が三枚とも降りていて、脇のくぐり戸の障子が半分開いているだけだった。

普通は、その障子に〈古道具屋〉とか〈質屋〉とか書いてあるものだが、それもない。正式な鑑札を受けていない店なのだろう。

「なるほど、まともな店構えではなかったのか。道理で、捜しても見つからぬはずだ」

そう呟《つぶや》いた嵐四郎へ、庄太は遠慮がちに、

「あのう……旦那は、お町《まち》奉行所の方で？」

「幾ら何でも、月代《さかやき》を伸ばした同心や与力はおるまい」

上目使いに長身の嵐四郎を見て、

「へえ、そりゃそうですが。だけど、盗人や掏摸にも見えねえし……」

「やはり、義助は、盗品専門のもぐり古物商なのだな」

「そう言われているようで」

庄太は、そろりそろりと後退しながら、

「それじゃあ、旦那。あっしは、この辺で失礼いたします」

「遠慮いたすな」

静かな声だが、何とも形容しようのない威圧感があった。

「お前が先に入ってみろ」

「はあ……」

世にも情けなさそうな顔になって、庄太は、くぐり戸の方へ行った。いきなり、背中から斬られそうで、首の後ろに冷汗が噴き出している。

居酒屋の親爺が言った通り、年寄を騙して来た仏罰神罰が、ついに下ったのかも知れない――と思う。

（しょうがねえじゃねえか。俺はこんなに太ってるんだから、掏摸も盗みもできやしねえ。力はあるけど、走るのは苦手だし、手先も不器用だしな。当たり屋くらいしか、やれねえもの……だけど、こんな得体の知れない浪人に、ばっさり殺《や》られるのは御免だよお。とほほ……）

庄太は、半開きだった障子戸を開いて、

「義助さん、客を連れて来たぜ」

鉤型になった土間へ入ると、誰もいない帳場の上がり框《かまち》に腰を下ろす。

表の板戸は閉めてあるが、その上に明かり取りの窓があるので、帳場の様子を見るのに不自由はない。

庄太は首を伸ばして、奥の方へ「おい、留守かい」と呼びかけたが、返事はなかった。無言で土間に入った嵐四郎は、ふと眉をしかめて、

「庄太。奥へ行け」

「へ？　へえ……」

二人が、奥の六畳間に入ると、裏庭に面したその部屋に、義助は横向きに倒れていた。

四十前と思える狐《きつね》のような顔立ちの男で、両眼と口を大きく開いたまま、腹に包丁を突き立てられて、絶命している。

背中側にも、抉《えぐ》ったような大きな傷があった。

畳に赤黒い血溜《ちだま》りが広がっていて、まだ、固まってはいない。死後、間もないのだ。

嵐四郎は、店の土間に入った時、この血のにおいに気づいたのである。

死骸の近くに手文庫《てぶんこ》が転がっていて、中身は空っぽだった。

雑草が伸び放題になっている庭から、銀蝿《ぎんばえ》が飛んで来て、血溜りを舐《な》め始めた。

「も、物取りに殺られたんでしょうか……それとも、盗品を売りに来た奴が居直って……」

蒼白になって震えながらも、それなりの推理を働かせる庄太を、嵐四郎は興味深げに見た。

「いや、そのように見せかけてあるだけだ」

「ほう？」

「致命傷になったのは背中の傷で、腹の包丁は死後に突き入れられたものだな。血の流れ具合や傷の様子からして、間違いない。しかも、背中の傷は包丁ではなく、もっと反《そ》った刃物だが……」

そこまで言った嵐四郎は、いきなり庄太を突き飛ばして、自分も反対側へ跳んだ。

間一髪、二人の立っていた空間を、不気味な唸《うな》りをあげて断ち割ったものがあった。

その刃物は、庭の方から飛翔し、大きなカーヴを描いて庭へと戻る。

そこに墨衣に饅頭笠《まんじゆうがさ》をつけた大柄な僧が立っていた。左手に六尺の杖を持っている。

怪僧は、戻ってきた七寸ほどの大きさの刃物を、革の西洋手袋をした右手で受け止めた。

それは、緩やかな曲線で形成された三方手裏剣だった。

鳥が羽ばたいてる姿を真横から見たような形をしていて、鳥の嘴《くちばし》、翼の先端、尾の先端にあたる部分が、三点の切っ先になっている。

そして、外周の曲線は全部、刃になっているから、もしも敵が素手で受け止めようとしても、指を切断されてしまう。

中国の隠し武器〈鉄鴛鴦《てつえんおう》〉である。

「何者だっ」

片膝立ちで、嵐四郎は、右手を大刀の柄にかけた。

「要らぬ詮索《せんさく》をする御仁《ごじん》は、あの世に旅立ってもらわねばならぬ。拙僧が、三途《さんず》の川《かわ》渡《わた》しの経をあげてやろう」

そう言いざま、右手の鉄鴛鴦を放った。嵐四郎は、飛来したそれを、抜き打ちで弾き飛ばす。

が、その時には、二本目の鉄鴛鴦が間近に迫っていた。

「っ！」

自分から倒れることによって、嵐四郎は、危うくそれをかわしたが、左頬《ほお》を半寸ほど斬り裂かれてしまう。

帰還した二本目を受け止めて、怪僧がさらに攻撃を仕掛けようとした時、

「誰か来てくれえっ！　火事だっ、大火事だあっ！」

襖《ふすま》を蹴倒《けたお》して、庄太が帳場の方へ転がり出ながら、そう叫んだ。

「ちっ」

鉄鴛鴦を饅頭笠の内側に収納して、怪僧は身をひるがえし、風のように逃走する。

嵐四郎は、懐紙《かいし》に頬の血を吸いとらせながら、柱に深々と突き刺さった鉄鴛鴦を引き抜いた。

「奴め……死客人《しかくにん》かな」

## 6

「――で、如何《いかが》でございますか、嵐四郎様。探索の進み具合は」

第一の猿面《さるめん》が尋ねた。

その広い座敷にいるのは、結城嵐四郎と猿面をかぶった三人の人物である。

一人一人の斜め前に、四本の高脚燭台《たかあししょくだい》が置かれているが、風避《かぜよ》けの紙のために、

照らし出されているのは顔や面の辺りだけで、座敷全体は闇のようになっていた。

そのため、人の首一つと猿の首が三つ、黒い闇の中に浮いているように見えた。

第一の猿面は瞳の部分が、第二の猿面は耳の孔が、そして第三の猿面は口の部分が大きく刳《く》り貫《ぬ》かれている。

世の人々は、〈見猿《みざる》・言わ猿《いざる》・聞か猿《きざる》〉こそが、平穏無事に暮らしてゆく生活の知恵だという。

悪事や不正を知っても、見猿・言わ猿・聞か猿の三猿に徹して、関わり合いにならなければ、自分や家族は安全でいられるという事なかれ主義である。

しかし――この猿面の三人は、「悪事を見据えて、不正を語って、弱者の悲鳴を聞く」ことを決意した者たちであった。

そして、「悪を許さざる」という信念に基づいて、〈死番猿《しばんざる》〉という会を結成したのである。

世界一の大都市であり、日本の事実上の首都である江戸には、様々な欲望や陰謀が渦を巻いている。

決して表沙汰《おもてざた》にはならぬ事件によって、無辜《むこ》の民が犠牲になり、ひそかに葬《ほうむ》られることも珍しくはない。無実の者が、刑場の露《つゆ》と消えることさえある。

その〈悪〉を撃つために、死番猿は誕生したのだ。

権力の闇の奥から隠れた悪を暴きだし、破邪《はじゃ》の剣で裁いて死を与える――この死番猿の処刑執行人が、闇目付・結城嵐四郎なのである。

「どうやら敵も、探索の手が入ったことに気づいたらしく、大事な証人の口封じをされてしまいました」

幻小僧凛之助が和泉屋から黄金観音像を盗みだしたのは、もぐり古物屋の義助の教唆《きょうさ》によるものである事……黄金観音は五十両で義助に買い取られた事……その義助は唐渡りの鉄鴛鴦を遣う怪僧に殺害された事……などを嵐四郎は説明した。

第二の猿面が深々と頷《うなず》いて、

「なるほど。やはり、和泉屋さん一家は、毒殺されたのですな」

薬種問屋・和泉屋の親子五人と奉公人九人を合わせた十四人全員が、藻掻《もが》き苦しんで死亡したのは、先月五日の夕食の直後である。

丁稚小僧《でっちこぞう》の一人が往来へ転げ出ると、偶然に通りかかった往診帰りの医者の阿部《あべ》順堂《じゅんどう》が、すぐに和泉屋たちの手当てをした。

しかし、薬石効なく、四半刻とたたないうちに、全員が死亡したのである。

順堂は、夕食の鯖《さば》にあたった食中毒と町奉行所の役人に報告し、町奉行所側の検屍《けんし》でも、それを確認した。

が、和泉屋の掛り付けの医者であった高村宗庵《たかむらそうあん》が、これに異義を唱えた。

食中毒なら、食べた直後に苦しみ出すということはないはずだし、死亡するのに半日から一昼夜くらいはかかる、それに、年齢や体力に格差のある全員が死亡するなどという事は考えられない——というのだ。

さらに、台所の隅に残っていた嘔吐物《おうとぶつ》を手に入れた宗庵は、毒物が混じっていたと言い立てたのである。

だが、諸大名の脈をも診《み》るという順堂と、一介《いっかい》の町医者の宗庵では論争にならず、町奉行所からも黙殺されてしまった。

ところが、十日ほどしてから、雨の夜に往診に出た宗庵は、浅草橋《あさくさばし》の橋脚に引っかかった水死体となって発見されたのである。

町奉行所は、土堤《どて》から滑って神田川《かんだがわ》に転落した事故死として、処理した。

だが、宗庵の娘のお清《きよ》だけは、「父は殺されたのだ。和泉屋さんたちを毒殺した下手人に」と訴え続けている——。

四番猿は、和泉屋一家毒殺と宗庵殺しの真相を探ることを、嵐四郎に命じたのであった。

「それにしても、義助を含めて十六の人命を奪ってまで隠さなければならぬ黄金観音の秘密とは何でしょう」

第三の猿面が、首をかしげる。

「もぐりの古物屋が五十両で買ったものなら、百両か二百両で捌けましょうが……いかに値打ち物の逸品とはいえ、十六もの人命を奪う理由がわからない」

「私が考えますに」と嵐四郎。

「敵は、黄金観音を我が物としたかっただけではなく、観音像を見た者全員を始末したかったのではないですかな」

「見られては困る観音像……何ですか、それは」

第一の猿面が身を乗り出した。

「これをご覧ください」

嵐四郎は、自分の顔の前に、懐から取り出した一枚の画を広げた。

「幻小僧なる者から聞き出したことを元にして、黄金観音像を描いてみたのですが、これを見て、ひとつ思い当たることがあります。それは……」

結城嵐四郎の話を聞いて、四番猿の間に驚きの波が広がってゆく――。

## 7

本所《ほんじょ》・国豊山回向院《えこういん》の境内《けいだい》には、〈一言《ひとこと》観音〉と呼ばれる恵心僧都《えしんそうず》作の観音像が安置されている。

その呼称の由来は、『江戸名所図会』によれば、「有信の人ありて至心にこの本尊を念ずれば、その祈願一言にして成就するゆえ」という。

結城嵐四郎と庄太は、その観音堂の前にある掛け茶屋にいた。右手には蓮池《はすいけ》があり、清らかな白い花を咲かせている。

死番猿と嵐四郎が密談をした夜から、三日後の午後であった。

「義助ってのは、とんでもねえ奴でしてね。盗品の故買だけじゃねえ。阿片《あへん》も扱えば、かっさらった娘っ子を地獄宿《じごくやど》に叩き売る世話をするとか、悪事の仲介をさせたら右に出る者がないほどの罰当たり野郎なんです」

五皿目の団子を頬張りながら、庄太は語る。

「その悪業《あくごう》の報いが、ついに義助の身に降りかかったわけだが……」

嵐四郎は茶を飲みながら、

「黄金観音の売り渡し先はわからぬか」

「面目ございません」

そう言いながらも、六皿目の団子に手を伸ばす庄太であった。

「ですが、ちょいと耳寄りな話があります。二月《ふたつき》ほど前ですが、義助が、深川《ふかがわ》の料理茶屋〈喜楽《きらく》〉の離れ座敷へ入るのを、見た者がいるんでさ」

「そこは、諸藩の江戸留守居役《るすいやく》が役人たちの接待に用いる店ではないか」

「へい。その時、離れ座敷にいたのが、前園《まえぞの》藩江戸家老の佐々木丹後《ささきたんご》って偉物《えらぶつ》で」

「前園藩……藩主の新井対馬守忠典《あらいつしまのかみただのり》は、たしか今年、寺社奉行になったばかりだったな」

「寺社奉行と黄金観音——何だか、曰《いわ》く有りげでしょう」

「まさか、六万石の大名ともあろう者が、盗人に観音像を盗ませるとも思えぬが……」

嵐四郎は、黄金観音の秘密に関する自分の推理と、庄太のもたらした情報とを、頭の中で組み立ててみる。

肥満体の庄太は、考えこんだ嵐四郎の顔を覗《のぞ》きこむようにして、

「旦那、お役に立てましたかねえ」

「……………うむ」

嵐四郎は、にわかに無表情になった。庄太の膝の上に一両小判を放って、立ち上がり、

「これからも、頼むぞ」

「まかしといてくださいっ」

庄太は、頬が弾けるのではないかと思えるほど、喜色満面になる。

彼と別れた嵐四郎は、本堂への参詣を済ませると、回向院から出て一目橋《ひとつめばし》を渡った。

そして、深川の永代寺《えいたいじ》に参詣してから、その東にある木置場へと足を運ぶ。

木造建築の家屋が立ち並ぶ江戸は、非常に火事が多く、また広範囲に延焼することが多かった。短時間で焼け跡を復興させるためには、大量の材木を必要とする。

それで、この頃には、深川に広大な材木貯蔵地帯があり、通称を〈木場《きば》〉と呼んでいた。

六本の掘割に囲まれた広大な木場は、あちこちに自然の景観が残っており、材木問屋の豪華な寮が点在している。

嵐四郎は、材木が斜めに立て掛けてある場所まで来ると、ぴたりと足を止め、

「――この辺りでどうだ」

そう言って、振り向いた。ややあって、山積みになった材木の蔭から、小柄な少年が姿を現した。

いや、少年ではなく男の身形《みなり》をした若い娘である。凄腕の盗人・幻小僧凛之助こと、お凛であった。

「回向院の境内からここまでの尾行、ご苦労だったな」

「うるせいっ」

臀端折りの着物に、足に密着した濃紺の川並という姿のお凛は、美しい瞳《ひとみ》に怒りの炎を煌《きら》めかせて、嵐四郎を睨みつける。

しかし、その怒りの炎が、ともすれば消えそうなほど揺らぐのは、なぜだろうか。

「嵐四郎！　先夜の借りを返すぜっ」

懐から二本の匕首を引き抜いたお凛は、嵐四郎の胸元へ右の匕首を投げつけた。嵐四郎は身をひねると、大刀の柄で、飛来した匕首を苦もなく叩き落とした。

そこへ、左の匕首を両手で構えたお凛が、体当たりのように突っこんで来る。

「手ぬるいっ」

それをかわしざま、嵐四郎は、お凛の足を払った。男装娘は、臀から地面に倒れてしまい、匕首が吹っ飛ぶ。

「その程度の気魄《きはく》では、人は殺せぬぞっ」

「くそっ」

竹発条《たけばね》細工の玩具のように、勢いよく立ち上がったお凛は、嵐四郎に武者《むしゃ》ぶりついた。

それを嵐四郎は適当にあしらって、娘の両腕を背中側に固めてから、

「お凛、やめておけ」

厳しさと優しさの入り混じった口調で、

「人を殺した者は、もう、普通の人間ではなくなってしまうのだ。お前のように美しい娘には、人殺しは似合わぬ」

美しい娘――といわれたお凛は、ぽっと頬を染めたが、すぐに泣きべそをかいて、

「うるさいっ……俺らの……俺らのあそこを見たくせに………好き放題に、いじりまわしたくせに……俺ら、すごく羞《はず》かしかったんだからっ」

肩越しに首を後ろへねじ向けて、嵐四郎を睨みつけながら、ぽろぽろと涙をこぼす。

「………」

嵐四郎は無言で、その唇を吸ってやった。

お凛は恥じらいながらも、夢中でそれに応えてくる。嵐四郎が腕を離してやると、男装娘は軀をこちら向きにして、抱きついて来た。

嵐四郎は、斜めに立て掛けられた材木の蔭に、お凛を連れこんで、そこの乾いた土の上に彼女の軀を横たえる。

二刀を抜いて脇へ置くと、仰《あお》向《む》けになって固く目をつぶっているお凛の帯を解いた。

その胸から腹にかけては、白い晒し布が巻きつけてある。

それを解くのは手間がかかり、この場の情交にはふさわしくない。だから、嵐四郎は、晒しの上から胸乳をつかむ。

「あ……」

花のような上唇がめくれ上がって、お凛は、甘い吐息を洩《も》らした。

その唇を再び吸いながら、嵐四郎は、小さめの乳房への愛撫を続ける。

未知の体験に対する緊張で強《こわ》ばっていた娘の五体が、ようやく柔らかくなって来ると、嵐四郎は、胸の晒し布はそのままにして、濃紺の川並を脱がせた。

日々の肉体労働や盗人修業のために、お凛の肢体は骨細ではあるものの、少年のように引き締まっていた。顔や手足は陽に焼けているが、腰の部分は真っ白である。

嵐四郎は、下腹部の薄桃色の花園に顔を寄せた。

亀裂《きれつ》から羞かしそうに、花弁の一部が顔を覗かせている。秘毛はごく薄く、産毛《うぶげ》と区別がつかないくらいで、ほとんど無毛に近い。

嵐四郎が唇と舌を使うと、お凛は両手で顔を覆って、

「厭《いや》っ、そんな事しないでっ」

身悶《みもだ》えする。

が、嵐四郎は、かすかに塩味のする処女の聖地を、丁寧に舌先で浄《きよ》めた。

それが、これから苦痛を体験せねばならぬお凛への、せめてもの礼儀だと思ったからだ。

やがて、お凛がどうしようもなく果汁を溢れさせると、その軀に覆いかぶさる。

鋼鉄のような硬度の巨根で、嵐四郎は聖地の肉扉を引き裂き、その奥の奥にまで突入した。

「……………っ！」

男装娘のお凛は、声にならぬ悲鳴をあげた。

嵐四郎は、その軀を抱き締めて、破華《はか》の苦痛が鎮《しず》まるのを待つ。そして、時間をかけて、ゆっくりと初々しい女体を味わった。

ついには、お凛も、初めての体験なのに絶頂の高みに導かれる。それに合わせて、嵐四郎は、したたかに放った……。

後始末を終えて身繕いした嵐四郎とお凛は、仰向けに寝て寄り添う。

「お行儀の悪いことをしてしまったなあ、お凛」

「うふふ……」

「お前、盗人をやめろ」

「えっ」

満足そうに男の分厚い胸に頰を乗せていたお凛は、顔を上げた。

「十両盗めば首が飛ぶ決まりだ。お前のような盗みの玄人《くろうと》は、捕まれば死罪は絶対に免《まぬが》れぬ。己《おの》れが情《じょう》を交わした女が、そんな死に方をするのは、あまりいい気分ではない」

「俺らが盗人をやめたら――」

嵐四郎様のお嫁さんにしてくれるの――という問いを、お凛は危うく呑《の》みこむ。断られたら、死にたくなってしまうからだ。

その時、嵐四郎は、かっと双眸《そうぼう》を開いた。

素早く二刀をつかみ、お凛を抱くと、そこから転げ出る。

その直後に横木が外れて、立て掛けてあった材木の群れが、どどっと倒れた。

## *8*

「ちっ、仕損じたか」

山積みの丸太の上に立った饅頭笠の怪僧は、舌打ちをした。

彼が放った隠し武器の鉄鴛鴦が、材木を支えていた横木と支柱を結んでいた綱を、断ち切ったのである。

嵐四郎が鉄鴛鴦の飛翔音に気づかなければ、お凛ともども、材木の下敷きになり圧死していたであろう。

二刀を帯に落とした嵐四郎は、すらりと大刀を引き抜いて、

「初会《しょかい》から裏を返したのだ。名前ぐらいは、教えてもよかろう」

「ふん……俺の名か。地獄送りの是空《ぜくう》よ」

「やはり、死客人であろうな」

死客人――金を貰って、何の恨みも関わりもない相手の命を奪うプロの殺し屋のこ

とである。江戸時代初期には、処刑人《ころしにん》とか闇討ち屋とか呼ばれていたという。

「そこまでお見通しとは、貴様も、ただの素浪人ではあるまい」

「闇目付・結城嵐四郎――」

嵐四郎は静かに言う。

「是空とやら、町医者の宗庵を手にかけ和泉屋の一家を毒殺したのも、お前か」

丸太の山から飛び降りた怪僧は、ふてぶてしい顔に嗤《わら》いを浮かべて、

「宗庵を溺死《できし》に見せかけて殺ったのは、たしかに拙僧じゃ。和泉屋の台所の味噌汁《みそしる》に、ひそかに銀波布《ぎんはぶ》の毒粉を混入したのは、乾物売りに化けた信作《しんさく》という奴でな。その信作は、拙僧が三途の川を渡してやったわ」

「口封じというわけか」

「ここで、貴様と盗人娘を始末すれば、残りは、わざと泳がせているあの肥《こ》えた木偶《でく》の坊《ぼう》だけというわけじゃ」

「お前は、誰に雇われているのだ。屍《しかばね》の山を築いてでも隠さねばならぬ黄金観音の秘密とは、何なのだ」

「死にゆく者に何を話しても、無意味であろうっ」

是空は再び、饅頭笠の内側から鉄鴛鴦を抜き取り、手首のスナップを効かせて放った。

と、嵐四郎は何を考えたのか、その鉄鴛鴦に向かって突進したではないか。

「嵐四郎様っ！」

材木の蔭にいる半裸のお凛が、思わず叫ぶ。

だが、曲線を描いて飛ぶ鉄鴛鴦は、嵐四郎の直前で軌道を変えて、彼の背後に飛び抜けてゆく。

「馬鹿なっ」

愕然《がくぜん》とした是空の顔面に、飛びこんで来た嵐四郎の刃が振り下ろされる。

がっと火花が散って、嵐四郎の大刀が停止した。

半抜きにした仕込み杖を、是空は顔の前で横一文字に構えて、その一撃を受け止めたのである。

「き、貴様……なぜ、鉄鴛鴦をかわせたのだ……」

「この前、義助の店に得物《えもの》を残していったのが、お前の失策だ。三日あれば、十分に飛び方を調べることが出来たぞ」

「むむ……」

歯噛みした是空は、その剛力にものをいわせて、嵐四郎を跳ね飛ばした。

しかし、次の瞬間には、怪僧の左腕から血飛沫《ちしぶき》が飛び散る。後方へ跳びながら、嵐四郎が斬りつけたのであった。

「しまった！」

形勢不利と見た是空は、掘割に架かった橋の方へ走る。嵐四郎が追うと、立て掛けてあった材木が倒されて、彼の行く手を阻んだ。

迂回《うかい》した嵐四郎が橋の所へ着いた時には、是空の姿は消えていた。

「嵐四郎様っ、大丈夫ですか」

身繕いしたお凛が、彼に駆けよって来る。

「………」

嵐四郎は目で、橋板を指し示した。その橋板には、赤黒い血の跡が点々と落ちていた。

## 9

前園藩江戸家老・佐々木丹後が座敷へ入ると、

「――御前《ごぜん》」

誰もいないのに、声だけが聞こえた。

「是空か。首尾はどうじゃ」

「申し訳もございません」

天井の隅の板が、ことりと動く。その穴から、墨衣の是空が飛び降りて来た。

左腕に晒し布が巻きつけてあり、そこに血が滲《にじ》んでいた。床の間を背にして座った丹後の前で、是空は叩頭《こうとう》する。

「返り討ちにあったのか」

晒し布に目を止めて、丹後は訊く。五十前で、顴骨《かんこつ》の高い狷介《けんかい》な容貌をしていた。

ここは向島《むこうじま》にある丹後の別宅であった。藩の財政を喰いものにし、横領した金で購入したものである。

障子に夕陽が当たって、火事場のように赤く染まっていた。

「思いの外、腕の立つ浪人でして……結城嵐四郎と名乗っておりました」

「其奴《そやつ》、黄金観音の正体に気づいたようであったか」

「いえ、それは」

「ふうむ……」

丹後は、床の間の棚から木箱を取った。蓋を開ける。

中で、真綿にくるまれていたのは、高さ五寸――十五センチほどの、赤子《あかご》を抱いた見事な観音像であった。眩《まばゆ》いばかりに光り輝いている。

取り出したそれを、佐々木丹後は満足げに眺めて、

「これは、わしだけではなく、前園藩の浮沈に関わるもの……何としても、その浪人

を始末せねばなるまい」

「そういえば、奴め、己れのことを闇目付とか申しておりましたが」

「闇目付？　何だ、それは」

丹後が訝《いぶか》った時、

「――お前たちのような悪を許せぬ男のことよ」

障子に黒々と映った影法師が、言った。

「まさかっ」

是空が仕込み杖を一閃させると、障子が斜めに切断されて倒れる。

夕陽に染まった中庭を背景にして、廊下に立っていたのは結城嵐四郎であった。

「ど、どうしてここがっ」

死客人・是空は愕然とする。

「血の痕《あと》の消し具合が不十分だったぞ、是空」

「むむ……くたばれっ」

怪僧は猛然と斬りかかった。だが、二人の位置が入れ替わった時、顔面から血を噴いて庭へ転げ落ちたのは、是空の方であった。

「ま、待てっ」

左手に黄金観音を持ったまま、丹後は右手を振って命乞いする。

「話せばわかる。金なら出すぞ」

嵐四郎は血刀《ちがたな》の切っ先を観音像に向けて、

「それが、マリア観音か」

徳川幕府はキリスト教を禁止して、度々、切支丹《キリシタン》狩りを行なって来た。

そのため、隠れ切支丹たちは表面は仏教徒を装い、刀の鍔《つば》や柄鏡、鋏、簪《かんざし》などの日常の品物の中に十字架の細工を入れて、信仰の証しとしていたのである。

マリヤ観音も、観世音菩薩《ぼさつ》の像のように見せて、実は聖母マリア像を現したものであった。

普通は木製や白磁製のものだが、純金製とは珍しい。

「そうだ……三十年ほど前、わしの父が領内で切支丹狩りを行なった時に、ひそかに入手したものだ」

「それを、どうして、和泉屋仁兵衛《じんべえ》が持っていたのだ」

「四年前に、茶会で知り合った和泉屋に、わしが三百両で売ったのだ。和泉屋は、それが切支丹のものとは全く気づかなかったがな」

「………」

「しかし、我が殿が寺社奉行に任ぜられたので、事態が変わった。もしも、何かの拍子に和泉屋が、あれがマリア観音だと気づいたら……わしが腹を切るだけでは済まん。

寺社奉行の家臣がマリア観音を売買していたなどとわかったら、前園藩はお取り潰しになってしまう。御公儀の威信にも傷がつく。だから、涙を呑んで、わしは和泉屋たちを抹殺したのだ。これも、ご政道のためだ」

「面白い理屈だな、佐々木丹後」

嵐四郎は、片頬に酷薄な嗤いを浮かべた。

「見えぬ涙を見て、聞こえぬ悲鳴を聞いて、言えぬ怨念《おんねん》を叫ぶ者――お前のような薄汚い悪党を許さざる者――それが、闇目付だ。そして、これが、地獄送りの破邪の剣だっ」

「ひいっ！」

背中を向けて逃げようとした丹後の肉体は、頭頂部から股間《こかん》まで、真っ二つに斬り割られた。

血振《ちぶり》して懐紙で刃を拭った嵐四郎は、音もなく血の海となった座敷を出てゆく。

翌日の早朝――見事な一太刀《ひとたち》で斬り殺された医師・阿部順堂の死骸が大川《おおかわ》の百本杭《ひやっぽんぐい》で発見された頃、呉服商・田島屋でも驚くべき事が起きていた。

数日前に蔵から盗まれた千両箱が、中身そのままで、庭に置いてあったのである。

田島屋の主人勘右衛門《かんえもん》も奉公人たちも、これには、ただ、首をひねるばかりであった……。

事件ノ二

# 無惨・死人講《しびとこう》

# 1

「柳橋《やなぎばし》から小舟で急がせェ、舟はゆらゆら棹《さお》次第ィ、舟から上がって土手《どて》八丁《ちょう》ォ、吉原《よしわら》へ御案内ィイイ——と。なあ、熊公《くまこう》。吉原通いは、やっぱり舟か駕籠《かご》で行きてえもんだ。こうやって、一合《ひと》戦終わって歩いて帰ると、何だか腰の辺りに力が入らねえや。おい、聞いてんのか、熊」

叩き大工の仙八《せんはち》は、相棒の大男の顔を下から覗《のぞ》きこむようにする。

「え……？」

熊次郎《くまじろう》は、ようやく気づいたという風に、小男の仙八の顔を見て、

「ああ、おめえの下手な端唄《はうた》は終わったか。ありがてえ、無事だった。おめえの端唄を聞くと、寿命が百日は縮まるって評判だから、耳を盆休みにしといたんだ。角《かど》の隠居が先月くたばったのも、毎朝通るおめえの端唄を聞かされたせいだって話だぜ」

「起きゃあがれっ」

仙八は、肩で体当たりする真似をして、

「どうせ、さっき別れた妓《おんな》のことでも考えて、ぼーっとしてやがったんだろう。一両一分の華魁《おいらん》ならともかく、羅生門河岸《らしょうもんがし》の百文女郎に臀子玉《しりこだま》を抜かれてるようじゃ、

一端《いっぱし》の江戸っ子とはいえねえぞ」

　この二人が歩いているのは、山谷堀《さんやぼり》の南側にある日本堤《にほんづつみ》である。浅草《あさくさ》の聖天町《しょうでんちょう》から下谷《したや》の三ノ輪町《みのわちょう》まで続く、長さ十三丁――約一・四キロの堤防だ。この堤防の中ほどに、公許の売春地帯である新吉原遊廓があるのだ。

　仙八と熊次郎は、吉原で安い遊びをして帰宅する途中なのである。

　真夏の夜、亥《い》の上刻――午後十時ごろのことであった。

　普通の道なら人通りのない時刻だが、二人と同じように懐《ふところ》の淋《さび》しい男たちが、ぞろぞろと歩いている。

「はっはっは。あまりの早仕舞いに、一ト切《ひとき》れの間も持て余して女郎に煙草《たばこ》をねだる仙公には、俺の相方の情の深さはわかるめえ」

　熊次郎は、えへんと咳《せき》払いして、

「有明けのォ、とぼす油は菜種《なたね》なりィ、蝶《ちょう》が焦がれて会いに来るゥ、元をただせば深い仲ァ、死ぬる覚悟で来たわいなァア――とね」

「菜種油に恋い焦がれるのなら、その妓の正体は佐賀の化け猫に違いねえ。大体、てめえの端唄こそ何だ。この間、隣の嬶《かか》ァが三つ子を産んだのは、てめえの素《す》っ頓狂《とんきょう》な唄声に驚いたからっていうぞ」

「言いやがったな。そんなら、五日前に小石川《こいしかわ》の賭場《とば》で貸した一朱《しゅ》、返してもらおうか」

「おおっ、てめえは、そんな吝嗇《けち》くせえ奴《やつ》だったのか。今日限り今晩限り、てめえのような野郎とは相棒でも何でもねえやっ」

「言いやがった、こいつ！」

「やるか、こらっ！」

つまらない喧嘩《けんか》を始めた二人を、他の吉原帰りの男たちが、面白そうに見物して、囃《はや》し立てる。

がらがらと北の方から三谷橋《さんやばし》を渡って来た大八車が、その騒ぎの輪の脇を、急いで通り過ぎようとした。

が、熊次郎に押された仙八が、長持《ながもち》を積んだ大八車の方へよろけ出てしまう。

すると、大八車を押していた痩《や》せた男が、あわてて、仙八を乱暴に突き飛ばした。

「わっ」

小兵《こひょう》の仙八は、顔から地面に突っこんで、鼻の頭が潰《つぶ》れてしまう。真っ赤な鼻血が流れ出した。

「大丈夫か、仙公！」

それを見た熊次郎は、仙八と喧嘩していることも忘れて、火がついたように激怒した。

「こらっ、俺の相棒になんて真似をしやがるっ」

「うるせえ、ぶつかって来たのは、そっちじゃねえか」

大八車を牽《ひ》いていた眉《まゆ》の薄い男が、怒鳴り返す。

「こっちは急いでるんだ、そこをどけっ」

「どけと言いやがったな。こっちは怪我人《けが》が出てるんだぞ。なんでえ、そんな長持の一つや二つ、こうしてやるっ」

酒も入っているから、大男の熊次郎は、大八車の脇に手をかけると、それをひっくり返した。

「わっ、何をする、箆棒《べらぼう》め！」

横倒しになった大八車の縄が切れて、長持が地面に転がり蓋《ふた》が外れてしまう。

と、その長持の中から出て来たものを見て、熊次郎や仙八は言うに及ばず、周囲の野次馬たちも「あっ」と驚いた。

それは、血まみれの男の死骸だったのである。

額と左顔面が何か鈍器で殴打されたらしく潰れて、無惨にも、眼球と脳の一部がはみ出していた。胸の真ん中も陥没している。

殴り殺すだけでは足らなかったのか、喉には、くっきりと絞殺の指の痕《あと》が残っていた。

無論、髷《まげ》もほどけて、ざんばら髪になっている。

右の指が二本、千切れていた。刃物ではなく、噛《か》みちぎられたような傷口である。

死骸の年齢は、三十代半ばから四十代後半というところか。

「こいつはひでえ……」

皆が、その凄惨《せいさん》すぎる死体の方に気をとられているうちに、大八車の二人は素早く逃げ出した。

野次馬の中の何人かが、それと気づいて逃げた方角を見た時には、二人の姿は夜の闇《やみ》の中に消え去っている。

「せ…仙公……」

「熊……熊公……」

仙八と熊次郎は、互いに抱き合って、がたがたと震えだした――。

## 2

「旦那様」と手代《てだい》の定吉《さだきち》が言った。

「清次《せいじ》という御用聞《ごようき》きが、市ケ谷田町《いちがやたまち》の越前屋《えちぜんや》の訴訟の件で、お目通りしたいと申しておりますが、どう致しましょう」

「ああ、米沢町《よねざわちょう》の親分だね。名前は聞いたことがある。よし、会いましょう」

樽屋藤左衛門《たるやとうざえもん》は、手にしていた町触《まちぶれ》の連判証文書から顔を上げて、鷹揚《おうよう》に頷《うなず》いた。

江戸の町人たちは、町奉行の管理の下に自治組織に組みこまれていた。

自治組織のトップに立つ世襲の町年寄の下に、二百数十名の町名主《まちなぬし》がいる。町名主は、草創《くさわけ》名主、古町《こちょう》名主、平《ひら》名主、門前《もんぜん》名主に分けられる。

その町名主の下に二万人以上の家主《いえぬし》がいて、町名主と家主を合わせて〈町役人《ちょうやくにん》〉と呼ぶ。

町奉行と町役人を繋《つな》ぐ町年寄は、樽屋籐左衛門、奈良屋市右衛門《ならやいちえもん》、そして喜多村彦《きたむらひこ》右衛門《えもん》の三名だ。

天正十八年に徳川家康が江戸へ入国した時、最初に町年寄に指名されたのが、樽屋と奈良屋である。

その二年後に、遠州から呼び出されて町年寄になったのが、喜多村と富士屋作右《ふじやさくえ》衛門《もん》だ。

富士屋は天明元年に不始末があって取り潰しになったので、今の町年寄は三名である。町年寄は〈大町人《おおちょうにん》〉とも呼ばれる。

その職務は行政事務全般で、町触の伝達、月行事、運上金などの徴収など多岐にわたり、司法や警察力の一部も担い、自ら町触を出せるほどの力があった。

この町年寄を頂点とする自治組織が順調に機能していたからこそ、町奉行所はわずかな人数で、江戸の町の行政と治安を維持できたのである。

彼らの身分は町人であるが、苗字帯刀や熨斗目《のしめ》と白帷子《しろかたびら》の着用を許され、将軍に進物を献上して拝謁《はいえつ》することもできる。下手な武士よりは、よほど実際の格が上であった。

それに、拝領地の地代や様々な権利金などによって、表向きの年収だけでも五百から六百両と裕福だ。

さらに、種々の許認可権を握っているという役目上、付け届けや礼金もあるから、経済力でも、そこらの旗本の比ではない。

彼らは本町《ほんちょう》の一丁目から三丁目に、各々、屋敷を構えている。

樽屋藤左衛門の屋敷は本町二丁目にあり、長屋門で百六十坪の広さだった。ここで七人の手代を使って、業務をこなしている。

庶民は、この町年寄屋敷を〈御役所《おやくしょ》〉と呼んでいた。

藤左衛門が今いるのは、その奥座敷だ。彼は五十過ぎで、この時代では老年である。あと数年で、総領息子の慶七《けいしち》に町年寄の職を譲るつもりだ。その時は、慶七は藤左衛門に改名しなければならない……。

「樽屋の旦那様。ご多忙の中、お邪魔いたしまして申し訳ございません」

岡っ引の清次は、廊下に平伏《へいふく》する。浅黒い肌と引き締まった顔立ちの、二十代後半の男だった。

「お初にお目にかかります。米沢町で十手《じって》と手札をお預かりしていますす清次という者でございます」

「清次親分。そんなに堅苦しくされると、話も出来ない。さあ、遠慮なく、こちらへ」

藤左衛門は、柔和な顔をさらに柔和にして、そう言った。

初代樽屋藤左衛門の水野弥吉《みずのやきち》は、長篠《ながしの》の合戦で七つの首を獲《と》り、徳川家康から感状まで与えられた猛者《もさ》だが、当代の藤左衛門は、誰にでも腰が低いので有名であった。

「へい。では、お言葉に甘えまして……失礼いたしやす」

恐縮しながら座敷へ座ると、懐から出した手拭いに額の汗を吸い取らせる。同じ町人ではあるが、相手は、町奉行所の与力同心よりも実際的な格が上なのだ。

「何やら、市ケ谷田町の訴訟に関わることだそうですね」

女中が持って来た茶を清次に勧めて、藤左衛門は訊《き》く。

「旦那様のお耳に入っておりますかどうか……一昨日の夜に、浅草の三谷橋の袂《たもと》で大八車に積まれた長持の中から、酷《ひど》い殺され方をした男の死体が転がり出て来ました。顔が半分潰れていたんで、身元の確認に手間取りましたが、それが、例の越前屋徳兵衛《とくべえ》だったというわけで」

「ほう……それは……」

藤左衛門は眉尾を下げて、難しい表情になった。

この時代――売掛金の支払いなどの民事訴訟に関しては、その町内を治めている町名主が調停して和解させていた。

それでも解決できない時は、町奉行所に本式の訴訟――公事《くじ》をすることになるわけだが、〈公事三年〉という言葉があるように、激務の町奉行は容易に判決を出してくれない。

そのため、町名主が調停できない問題は、町奉行所へ行く前に、町年寄がこれを調停していた。俗に〈御役所裁き〉という。

御役所裁きは非公式なものであるが、訴訟件数を少しでも減らしたい町奉行所としては、これを喜んで黙認していた。

訴訟の受け付けは職業によって分けられ、たとえば、呉服関係なら奈良屋が、書物や材木などは樽屋が受け持つ。

市ケ谷田町の越前屋徳兵衛の稼業は、書物処《どころ》――すなわち本屋である。

その徳兵衛が本草学《ほんぞう》の本を騙《だま》し取られたと町名主に訴え出たのは、昨年暮れのことであった。

騙し取ったと言われたのは、同じ町内の薬種問屋・上総屋《かずさや》の隠居の九右衛門《きゅうえもん》だ。

徳兵衛の主張によれば、買えば二十両は下らないその本を九右衛門に二分で貸し出したのだが、約束の一カ月が過ぎても本を返してくれない――というもの。

ところが、九右衛門は、徳兵衛の方が格安にするから引き取ってくれと言ってきたのだ――と反論する。

お互い証人も証拠もない水かけ論で、しかも、双方とも論拠が弱い。

いくら日頃から付き合いがある相手といっても、二十両の本を、その四十分の一の値段で売るというのは考えにくい。それが貸料だというなら、まあ、妥当なところだろう。

ところが、徳兵衛の方も商売が不振で高利の借金があり、九右衛門が払った二分は、その日のうちに利息として金貸しに渡っていたという事実がある。

すると、利息払いのために、徳兵衛が苦し紛れに本を叩き売ったという可能性も、ゼロではない。

それで、田町を管理する町名主の調停では結論が出ずに、先月、樽屋に持ちこまれたというわけだ。

「すると、親分は、上総屋の隠居の九右衛門さんが下手人だと思われるのですかな」

「一応、隠居所に見張りはつけてありますが……いくら何でも分別のある七十の隠居が、あんな酷い人殺しまではしないと思います。それに、大八車で死骸を運んでいたのは、ごろつきのような二人組だったそうですし」

「なるほどねえ」

「それで、訴訟の内容を旦那様に詳しくお伺いできればと思いまして」

「いいでしょう」

藤左衛門は定吉を呼んで、徳兵衛関係の書類を持って来るように命じた。そして、静かに若い岡っ引を見つめて、

「で、この事は町奉行所の同心の方には」

「いえ……まずは樽屋の旦那様に、と思いまして」

それを聞いた藤左衛門は、にっこりと微笑して、

「親分はお若いのに、筋のわかった御方《おかた》ですな。これはわずかですが——いや、遠慮しちゃいけない。ほんのお茶代ですから。これからも、ちょくちょく遊びに来てくださいよ。ははは」

3

結城嵐四郎は右手に大刀を下げて、白い下帯《したおび》一本の裸体で庭に立っていた。黒塗りの鞘《さや》は下帯の左腰に差してある。

いや、正確にいえば、もう一つ身につけているものがある。目隠しだ。手拭いを目の部分に巻いて、視力を閉ざしている。

岡っ引の清次が樽屋籐左衛門の御役所を訪れてから一カ月近くが過ぎている。午後の暑い陽射しの中で、油蝉《あぶらぜみ》がけたたましく鳴いていた。

猛暑の中、一粒の汗もかいていない嵐四郎は、ゆっくりと剣を上げて右八双《みぎはっそう》に構えると、

「参れっ」

鋭く言った。

「はいっ」

そう答えたのは、ほっそりとした軀《からだ》つきの小柄な美少年である。胸に晒《さら》し布を巻いて、白い木股《きまた》を穿《は》いていた。

いや――男髷を結《ゆ》っているが、少年ではない。男装をした美しい若い娘であった。凄腕《すごうで》の盗人《ぬすつと》として江戸の暗黒街で知られている幻小僧凛之助こと、お凛である。

骨細ではあるが、苛酷《かこく》な盗人修業や日頃の肉体労働によって女にしては見事に筋肉が発達し、その肉体は、若鹿のようにしなやかに引き締まっていた。臀は小さいが、半球状で形が良い。

お凛の年齢は十八歳。

男装娘のお凜は、右手に火箸《ひばし》を平たくしたようなものを持っていた。〈刺雷《しらい》〉と呼ばれる隠し武器だ。

左手にも、同じものを九本持っている。

長さ三寸——約九センチ。先端は鋭く尖《とが》り、反対側の端は丸くなっている。

棒手裏剣のミニサイズ版というところだ。軽くて小さいから、携帯に便利で、隠し持つのも容易である。

それでいて、心得のある者が打てば、人間の喉笛を貫通するほどの威力を持つ。

お凜は、ここ一カ月ほど、嵐四郎に刺雷の手ほどきを受けて、かなり上達をしていた。

四間《けん》——七・二メートルほど先の夏桃に、命中させることが出来るほどだ。

今、お凜は嵐四郎と三間の距離をおいて対峙《たいじ》し、刺雷打ちの実戦を行なおうとしているのであった。

「どうした、凛之助。早く打て」

「は、はいっ」

汗まみれのお凜はためらいつつ、右手の刺雷を打った。

雷光のように一瞬閃《ひらめ》いたと思うや、その時には相手に突き刺さっている——という意味から命名された刺雷は、微動だにしない嵐四郎の右手から一尺も離れた空間を飛び抜けて、背後の黒板塀に喰いこむ。

「馬鹿者！」嵐四郎は叱咤《しった》した。

「俺の正中線を狙《ねら》えと言ったではないか」

「ごめん……いえ、ごめんなさい、嵐四郎様……じゃなかった、お師匠様。俺《オイ》ら、今度こそ、まっすぐに狙って打ちますから」

「よし。呼吸を整えろ」

「はい」

手の甲で額の汗をぬぐったお凛は、きっと眉を寄せると、左手の刺雷の一本を右手に持ちかえた。

「行くよ。――えいっ」

きらりっと陽光を弾いた刺雷は、嵐四郎の胸の真ん中へと飛ぶ。

目を塞《ふさ》がれている嵐四郎は、苦もなく大刀の峰で、それを弾いてしまう。弾き飛ばされた刺雷は、松の幹に突き刺さる。

男装の十八娘は、ほっとしつつも、その素晴らしい業《わざ》に目を見張った。

「次っ」

「はいっ」

さっきよりも元気よく返事をして、お凛は、三本目の刺雷を打つ。

顔面めがけて飛んで来たそれの位置を、空を切り裂く飛来音のみで把握して、嵐四郎は再び、弾き飛ばした。

喉、鳩尾《みぞおち》、股間《こかん》、胸……と残りの七本の刺雷が次々と打たれたが、その全てを、視覚を遮断された嵐四郎は見事に弾いてしまう。

しかも、九本の刺雷は、傍らの松の幹に縦一列に整然と突き刺さっているではないか。

凄《すさ》まじいまでの嵐四郎の剣技である。

「打ち終わりました」

水を浴びたように汗だくになったお凛が、そう告げると、

「うむ」

嵐四郎は大刀を腰の鞘に納めて、目隠しの手拭いをとった。

長身で、彫りの深い顔立ちである。まるで、天竺《てんじく》からの渡来者の血をひいているかのように、漢《おとこ》っぽい美男ぶりであった。

双眸《そうぼう》は切れ長で、睫毛《まつげ》が長く、役者のようだ。しかし、その瞳の奥の奥には、昏《くら》い鬼火のような光が宿っている。

「凛之助。急所を狙って飛来する刺雷を、俺が弾き飛ばす時の身の捌《さば》き、筋肉の動き——その眼でしかと見届けたな」

「はいっ」

「その裏をかくことができれば、お前の刺雷はまさに百発百中となろう」

嵐四郎は表情を和らげて、

「俺は、お前に人殺しの方法を教えているのではない。護身の道具として、刺雷を与えたのだ。飛び道具なら、相手の剣の間合の外から攻撃できるから、非力な女人《によにん》に向いているからな。だが、相手を正確に殺せる技術と気魄《きはく》を会得《えとく》せねば、本当の意味で自分の身を守ることはできぬ。それゆえ、今、実戦でそれを教えた。わかるな、凛之助」

「はい、お師匠様。有難うございました」

お凛は、ぺこりと礼をする。

「疲れただろう、お凛。水を浴びて着替えするか」

緊張がほぐれたせいか、いつの間にか、嵐四郎の裸体を、うっすらと汗の膜が覆っていた。

「はいっ、嵐四郎様」

松の木から抜いた刺雷を革袋に納めたお凛は、手拭いや着替えを持って、嵐四郎のあとに続く。

結城嵐四郎は、ただの浪人剣客ではない。闇目付——町奉行所が裁けぬ隠れた悪を裁く闇の死刑執行官なのである。

## 4

神田須田町《かんだすだちょう》にあるこの家は借家で、部屋数が五つ、一人暮らしには広すぎるほどだ。内風呂もついている。

庭にある屋根付きの井戸のところへ行くと、結城嵐四郎は、大刀を脇に置いた。

そして、汲《く》み上げた冷たい井戸水を肩から、ざあっとかける。

着物を着ている時には痩軀《そうく》に見えるが、裸になると、筋骨逞《たくま》しい軀つきであることがわかる。胸は分厚く、くっきりと浮かび上がった腹筋には、陽光が黒い影を作っていた。

三杯の井戸水を浴びた嵐四郎は、濡れた下帯を外した。股間の黒々とした肉柱が、だらりと垂れ下る。

軀と同じように逞しい男根であった。

休止状態であるにもかかわらず、直径も全長も普通の男の勃起時ほどもあった。

しかも、玉冠の外縁部が大きく張り出している。いわゆる雁高《かりだか》というやつだ。

「う……」

それを見た男装の十八娘は、真っ赤になった。

結城嵐四郎に処女の純潔を捧げて、この一月《ひとつき》の間に、何度も嵐四郎に抱かれたお凛であったが、こんな明るい陽光の下で嵐四郎の生殖器を見るのは、初めてなのである。

「お凛、新しい下帯をくれ」

「は…はい……」

お凛は顔を背《そむ》けて、両手で下帯を差し出す。

微笑して受け取った嵐四郎は、それを、近くの木の枝にかけた。

そして、汲んであった桶《おけ》の水を、お凛の軀に、ざばっとかけてしまう。

「きゃっ」

驚いて飛びのいた時には、お凛の首から下は、ずぶ濡れになっていた。

「ひどいよ、嵐四郎様の意地悪ぅ」

恨みごとを言いながらも、その顔は、愛《いと》しい男に嬲《なぶ》られた嬉しさで蕩《とろ》けそうになっている。

下帯をつけていないので、濡れた木股が下腹部に密着して、微妙な形状の亀裂《きれつ》を、くっきりと浮かび上がらせた。実にエロティックな光景である。

嵐四郎は、その腕を引き寄せて、小さなお凛を抱き締めた。

「ん……」

唇をふさがれたお凛は、夢中で舌を絡ませた。嵐四郎の背中に両腕をまわす。

腰が密着して、剥《む》き出しの男根が、お凛の腹部に押し当てられた。

接吻《せっぷん》と男根の刺激によって、お凛の両膝《ひざ》は、溶けたように力が入らなくなり、座りこみそうになる。秘部から、熱いものが滲《し》み出していた。

嵐四郎は大刀をお凛に持たせると、その軀を両腕で軽々と抱き上げた。そして、母屋の方へ歩きだす。

「あんっ、嵐四郎様ァ。俺ら、まだ……ちゃんと汗を流していないよ」

「気にするな。お前の汗や軀の甘い匂《にお》いは、俺にとっては好ましいものだ」

「でもさあ……」

「お前は、俺の匂いが嫌いか」

「ううん、大好きっ」

即座に、お凛は答えた。

「嵐四郎様の匂いも、顔も、声も、軀も、そして、あれも……何もかもみんな大好きっ」

そう言って、嵐四郎の首筋に唇を押しつけ、仔猫のように舐《な》める。

お互いに軀が水で濡れたままなので、嵐四郎は家の中には上がらずに、縁側の板の間に肌襦袢《はだじゅばん》を敷いて、そこへお凛を寝かせた。

大刀は、座敷の手にとどく場所に置く。

そして、お凜の胸に巻いている晒し布を外した。小さいが碗《わん》を伏せたような形の乳房が剥き出しになると、お凜は両手で顔を覆ってしまう。

嵐四郎は、さらに、お凜の木股も脱がせた。彼女も腰を浮かせて、それに協力した。

男装娘の顔や手足は陽に焼けているが、布地に覆われていた胸や腰は真っ白であった。

嵐四郎は、すでに硬く尖っている乳頭を、そっと舌先でくすぐる。

「ああ……ん」

お凜は喘《あえ》いだ。

——彼女の父親の吉蔵は、飛燕の吉と呼ばれた盗みの達人であったが、捕方《とりかた》に追われた時に怪我をして、現役を引退した。

そして、一人娘のお凜を鍛え上げ、幻小僧という凄腕の盗人に仕立てたのだ。

男装のお凜は、普段は凜之助と名乗って、廻《まわ》り研屋《とぎや》をしている。大店《おおだな》の軒下《のきした》で、包丁や鋏《はさみ》を研ぎながら、じっくりと店の様子を観察して、盗みの下見をするというわけだ。

女なのに小麦色に陽に焼けているのは、そういう理由なのである。

この時代——十三、四歳で嫁に行くことが珍しくないのに、お凜は、肉体の機敏さや精神の緊張を維持するために生娘《きむすめ》のままでいた。

しかし、結城嵐四郎に出会って宿命的な恋に落ち、初めて男に抱かれたのだった。

そして、嵐四郎に諭《さと》され、盗人稼業から足を洗っている。

今は、本当に堅気の研屋をしながら、三日にあげずに、この神田須田町にある嵐四郎の家にやって来ては、刺雷の稽古《けいこ》に励みつつ、熱く甘い一時を過ごしているのだった……。

嵐四郎の愛撫は、下腹部の秘処へと移っていた。

花園は純潔の名残りのように薄桃色で、亀裂の間から花弁の一部が顔を覗かせている。

ふっくらと盛り上がった恥丘から亀裂の半ばにかけて、秘毛が覆っていた。しかし、産毛《うぶげ》と区別がつかないくらい極細の秘毛だから、ちょっと目には無毛に近い。

嵐四郎は、その美しい秘部に唇をつけて、溢《あふ》れ出る透明な愛汁を啜《すす》りとった。

「ひいっ……吸っちゃ厭《いや》だよォォ……」

その言葉とは裏腹に、お凛は腰を浮かせ気味にして、嵐四郎の顔に秘部を押しつけた。

若い汗がミックスされた愛汁の味もまた、格別の風情がある。

たっぷりと口唇愛撫を施してから、嵐四郎は態勢を整えた。

お凛の両足を肩へ担ぎ上げると、濡れそぼった花園に、屹立《きつりつ》した男の象徴をあてがう。

それは、普通サイズの倍以上もある巨砲であった。黒光りしている。

彼が腰を進めると、丸々と膨れ上がった玉冠部が、狭小な花孔の入口を押し開いて、内部へ侵入した。

「うぐっ……！」

思わず、お凛は、男の背中に爪を立てた。開発途上の彼女の軀は、この没入の瞬間だけは、まだ痛みをともなうのである。

しかし、その時には、長大な男根は半ばまで、女体への侵入を完了していた。

腰を停止させた嵐四郎は、お凛の瞳《ひとみ》をじっと見つめて、

「今に、痛みを感じなくなる。女人の軀というのは、そういう具合に創られているのだ。それまでの辛抱だぞ」

「うん……少しずつ軀が慣れてゆくのが、自分でもわかるもの……俺ら、平気だよ」

お凛は健気《けなげ》に言った。

「ね、動いてよ。大丈夫だから」

「よし、よし」

嵐四郎は、ゆっくりと抽送を開始する。

破華《はか》の時には、巨根の三分の一ほどが彼女の体外に残ったが、今では、根元まで挿入できる。

柔軟な内部粘膜が、閨事《ねやごと》を重ねているうちに、惚《ほ》れた男のものに馴染《なじ》んだのだ。

女体を二つに折った屈曲位だから、嵐四郎の巨根は、余計に深々と花孔を抉《えぐ》ることができるのだ。

しかし、結城嵐四郎は、自分の快楽のために荒っぽく腰を使ったりはしない。

お凛の反応を観察しながら、徐々に、彼女を悦楽の高みに押し上げてゆくことを、第一義としている。

「おおォ………っ！」

後退する時に、玉冠部の縁が肉襞をこすり立てる快味に、お凛は思わず、あられもない声を上げてしまう。

「どうして…どうして、こんなに気持ちいいのォ……」

瞳を潤ませて、十八娘は言った。

「お前が、俺を愛しいと思っているからだ。そうなのだろう？」

「当たり前だよ。嵐四郎様が相手じゃなけりゃ、どうして、こんな……踏み潰された蛙《かえる》みたいな不様な羞《はず》かしい格好ができるもんか。何もかも、みんな見えちゃうのに」

「そうだな」

「不思議だね。江戸中の亭主持ちが、毎晩、蛙の格好をしているなんて」

十歳の時から盗人稼業に生きてきたせいか、お凛は年齢の割りには、SEXの知識が不足している。

こういう娘に対する評価は、二つに分かれる。何も知らない処女を自分の好みの色に染めてゆくのが楽しいと思う男もいれば、経験豊富なテクニシャンの女を相手にした方が自分がより深い快楽を味わえると考える男もいるのだ。

嵐四郎としては、お凛の軀が自然と成熟するのを待つために、今まで、あえて正常位と屈曲位だけしか行なわなかったのである。

「いや、お凛。男と女が交わるのは、この形ばかりではないぞ」

「え……そうなの？」

「よし。今日は、別の手を教えてやろう」

嵐四郎は静かに、己が名刀を抜きとった。

「あ……」

お凛は名残り惜しそうに、腰を浮かせてしまう。

そのお凛を、嵐四郎は俯《うつぶ》せにした。引き締まった丸い臀を高く持ち上げさせると、

「ええっ、こんな格好するの？　厭《いや》だよう、嵐四郎様」

お凛は、ぺたんと臀を落として、軀を平らにした。

「なぜだ、お凛」

「だって……だって、お臀の…あそこまで見えちゃうじゃないか」

割れ目の奥底の後門を隠そうと、臀の双丘を、きゅっと締めながら、お凛は言う。

「お臀のあそこなんか嵐四郎様に見られたら、俺ら、羞かしくて死んじゃうよ」

そんなものなら、とっくに何度も見ている——と嵐四郎は思ったが、口には出さない。男が秘部を舐める時の位置関係が、お凛にはまだ、わからないのだろう。

「睦《むつ》み合う男女はな、お互いの軀の隅々までも識《し》るものだ。それが、本当の交わりというものだぞ」

「でも……でもさあ……」

お凛はためらいながら、

「お臀の孔《あな》なんか見て、俺らのこと……嫌いにならない？」

「案ずるな。お前は美しい。顔も軀も、そして心もな」

その言葉を聞いたお凛は、胸が引き絞られるような甘ったるい疼《うず》きを感じた。

本当は、もっと聞きたい言葉がある。ただ一言でいいから、「俺は、お前に惚れている」と言って欲しい。

だが、それを口に出して求めると、今の関係が崩れてしまいそうで、怖くて言えないのである。

「あの……嵐四郎様がそうしろとおっしゃるなら、俺ら……お臀を突き出して犬みたいな格好になります」

「うむ。臀を上げるのだ」

「はい……」

頬《ほお》を真っ赤に染めながらも、お凛は臀を高く掲げた。

白桃を思わせるような、丸みを帯びた臀である。ただ形が良いだけではなく、鍛えているだけに、全体に素晴らしい張りがあった。

嵐四郎が双丘に両手をかけて、あえて、これを開くと、お凛の背中が羞恥で波打つ。

臀の谷間の奥底に、十八歳の可愛らしい後門が息づいていた。茜《あかね》色をした放射状の皺《しわ》の直径は小さく、不潔感や滑稽感は全くない。

「美しいぞ、お凛」

「本当……？　変じゃない？」

「このように姿の美《よ》いのは珍しい。よく、見せてくれたな」

やさしく嵐四郎に誉められると、

「えへへへ……」

男装娘は羞恥と嬉しさがごっちゃになって、排泄孔が勢いよく収縮し、花園から再び秘蜜が溢れる。

　これ以上の会話は不要だから、嵐四郎は片膝立ちの姿勢をとると、背後からお凛を貫いた。二度目の挿入だから、玉冠部の通過の時も、先ほどのような痛みはない。

「ああ……何だか妙な感じ……いつもと違う感じがする」

「そうだ。軀の向きが逆になっているから、お前の中で、俺のものが圧迫する箇所が別になったのだ」

　そう言って、嵐四郎は臀の双丘を両手で鷲《わし》づかみにすると、余裕たっぷりに腰を使い始める。

　結合部から、濡れた卑猥《ひわい》な音が発せられる。

　中断されたお凛の性感の炎が、とろとろと揺らめきながら勢いを取り戻した。そして、その炎は、いつもより早く大火に変じて、彼女の背骨から脳までを焦がしだした。

「ひゃぐ…ひゃぐっ……ら、嵐四郎様ァ……俺ら…自の前が暗くなって……あ、ああっ」

　新しい態位で責められることによって、この男装娘は、一段階上の悦楽を識ったようである。

「お凛、そのまま昇りつめるがいい」

　彼女の軀を損なう怖れがないと判断した嵐四郎は、責めを急テンポにした。

　板のょうに堅い下腹の腹筋が、お凛の臀に叩きつけられて、ぱしっ、ぱしっ、ぱしっ……と鞭《むち》のように鋭い音を立てる。

やがて、お凛は言葉にならない叫びを上げて、絶頂に駆け昇った。それと同時に、激しく収縮する粘膜の奥深くに、嵐四郎は、大量の聖液を放つ。

二人は重なり合ったまま横になり、しばらくの間、緋《ひ》色の余韻を味わう。

「俺には……妹がいてな」

軽い虚脱感の中で、唐突に嵐四郎が言った。

「名を小夜《さよ》といった」

男が過去形で話していることに気づいたお凛は、遠慮がちに、

「その小夜様……今は……」

「死んだ。二年前に」抑揚のない声であった。

「それ以来、俺には心を許した女がいなかった」

「………」

「お前が現れるまではな」

「ら、嵐四郎様っ」

お凛は軀の向きを変えて、男の広い胸にすがりついた。

何という武骨《ぶこつ》な愛の囁《ささや》きであろうか。だが、その武骨さゆえに、嵐四郎の言葉はお凛の心臓の真ん中を射抜いた。

「嬉しい……俺ら、たった今、死んでもいいようぅぅ……」

啜り泣く男装娘の背中を撫《な》でながら、嵐四郎は、

「だがな、お凛。俺には、どうしても果たさねばならぬ悲願がある。それまでは、妻も子も要らぬ。わかってくれるか、お凛」

「はい、はい……俺ら、このままでも、ずっと……」

お凛は、涙で喉がつまって、後は言葉にならない。

と、その時、玄関の方に人の気配があった。

「――ごめんくださいまし。結城先生は、いらっしゃいますでしょうか」

樽屋の手代、定吉の声であった。

## 5

闇の中に四人の人物がいる。

一人は結城嵐四郎、そして、他の三人は猿面《さるめん》をかぶっていた。風避《かぜよ》けの紙が巻かれた高脚燭台《しょくだい》が、各々の脇に立っていて、頭部だけを照らしている。そのため、首が一つと面が三つ、闇の中に浮かんでいるように見えた。

猿面は各々、瞳の部分、耳の孔、口の部分が、大きく刳《く》り貫《ぬ》かれている。〈見猿・

言わ猿・聞か猿〉の逆を表現しているのだ。

つまり、「悪事を見据えて、不正を語って、弱者の悲鳴を聞く」という堅い決意を示しているのだ。

この「悪を許さざる」という信念に基づいて、〈死番猿〉が誕生したのである。

「結城様」と第一の猿面が言った。

「また、厭な事件が起こりました」

「町奉行所の裁けぬ事件、裁こうとせぬ事件――ですな」

嵐四郎は静かに訊く。

「はい。しかも、かなり手のこんだ遣《や》り口のようで」

そう言った第一の猿面の男は――樽屋藤左衛門であった。

第二の猿面は奈良屋市右衛門、第三の猿面は喜多村彦右衛門である。つまり、死番猿は三人の町年寄によって結成されたのだった。

町名主を通じて江戸の庶民の全ての訴訟を管理し、さらにまた、御役所裁きによって自ら訴訟に携わる町年寄たちは、正義が確実には執行されていない事を熟知する者でもあった。

町奉行所の判決は、時の権力者や支配階級の都合によって、いかようにもねじ曲げられる。それどころか、旗本や大名家の家臣が関わる事件は、その存在そのものが有《う》耶無耶《やむや》になることが多い。

非理無法が罷《まか》り通れば、この世は闇だ。その闇を一筋の光明で貫かんとして、死番猿が生まれたのである。

そして、結城嵐四郎は、この死番猿直属の死刑執行人なのだ。

「事の起こりは、ご存じかも知れませんが、先月、日本堤で長持から転がり出た男の死骸でしてな――」

樽屋藤左衛門は説明を始めた。

岡っ引の清次は、着ている着物の柄や手の甲にある痣《あざ》などから、被害者が市ケ谷田町に住む越前屋徳兵衛であることを突き止めた。

女房のお蔦《つた》も、無惨な死体を見て、徳兵衛であると断言した。徳兵衛は死体が見つかった日の朝、金策に行くと言って出たきり、行方知れずになっていたのだという。

この場合、下手人は二人考えられる。

一人は、徳兵衛の訴訟相手である上総屋の隠居・九右衛門だ。

しかし、いくら訴訟を起こされて迷惑をしているといっても、殺害するほどの強い動機になるとは思えない。

それに、徳兵衛の請求する二十両を支払う財力も十分にある。二人組のごろつきに徳兵衛殺しを依頼するくらいなら、本の代金の二十両を払ってしまった方が、いかなる観点からしても、安上がりだ。

二人目は、徳兵衛に五十両を貸していた金貸しの稲田屋善五郎《いなだやぜんごろう》である。そもそも、徳兵衛が訴訟を起こしたのは、この善五郎の厳しい取り立てに困り、利息と元金の一部を都合するためであった。

徳川幕府は盲人に種々の特権を認めていたが、いわゆる〈座頭金《ざとうがね》〉という金融業を営むことも許可していた。年利六十パーセントから百パーセントという凄い高利である。

しかし、質屋は担保をとるし、旗本御家人相手の札差《ふださし》も将来の禄米《ろくまい》を担保にしているから、庶民や一般の武士を相手に無担保融資をする業者は、座頭金だけだった。あとは両替商が、副業として金貸しをすることが認められている。

けれど、実際には、商家の隠居や浪人、果ては僧侶までが、日《ひ》なし金《がね》、烏金《からすがね》、百一文などの無認可の金融業を営んでいた。驚くべきことに、現役の旗本にさえ、金貸しを行なっている者がいた。

幕府は、これらを必要悪として黙認していたのである。

稲田屋も油商の傍ら金貸しを行なっているが、特別に悪辣《あくらつ》な遣り方をしているわけではない。それに、いくら返済に応じない相手であっても、脅すだけならともかく、叩き殺してしまっては何もならないのだ。

清次も、ずいぶんと稲田屋のことを調べてみたが、徳兵衛殺しとの関係は見つからなかった。他にも、徳兵衛には小口の借金が幾つかあったが、どれも殺しとは関係なさそうであった。

また、上総屋九右衛門も稲田屋善五郎も市ケ谷に居住しており、大八車がやって来た千住《せんじゅ》方向とは、まるで場所が違う。

検屍《けんし》の役人の見立てでは、徳兵衛は石で殴られて瀕死《ひんし》の状態になり、最後に首を絞められて息絶えたらしい。普通に考えれば、怨恨《えんこん》か喧嘩による殺人である。

死体を運んでいたごろつきらしい男は二人だが、傷の具合からして下手人は一人というのが、検屍の役人の意見だ。

大八車や長持も、その所有者は判明せず、盗まれたという届けもなかった。ごろつきどもの素性もわからない。

捜査が完全に行き詰まった時、徳兵衛の女房のお蔦が、とんでもない事を言い出した。

「実は、あの人の書き置きがあるんです……」

徳兵衛が出かけた日の夜、いつの間にか、勝手口の土間に結び文が落ちていたのだという。清次が読んで見ると、「このままでは、借金で首がまわらず、どうにもならぬ。他国へ行って何か一山当てて、必ず帰るから、それまで辛抱していてほしい」という意味のことが乱れた字で書いてあった。お蔦だけではなく、商売仲間も、徳兵衛の筆跡だと証言した。

すると、徳兵衛は、千住から奥州街道を通って仙台方面へ逃げようとしていたのではないか。その途中に、思わぬトラブルに遭遇して、殺されたのではないか。

新展開に俄然《がぜん》、張り切った清次は、下っ引を動員して三谷橋以北の徹底的な聞きこみを行なわせた。

ところが、すぐに手札親《てふだおや》の北町奉行所の同心に呼び出されて、捜査の中止を言い渡されたのである。徳兵衛は、何者とも知れぬ流れ者によって殺され、その者は疾《と》うに江戸から去ったであろうから、これ以上の捜査詮議《せんぎ》は無用——という理屈だ。

勿論《もちろん》、清次は捜査の継続を願い出たが、上司の与力まで出て来て、これを拒絶した。逆らえば、手札と十手の取り上げどころか、何かの罪を着せて入牢《じゅろう》まで匂わせる始末。これでは、清次としても引き下がらざるを得ない。

その愚痴を清次から訊いた樽屋藤左衛門は、浅草の茅町《かやちょう》などを管轄する町名主から聞いた話を思い出した。近頃は当代様の御威徳で江戸は栄えるばかりというが、その蔭では、借金まみれになって心中をしたり夜逃げをしたりする者が絶えない。自分の管轄でも、唐突に置き手紙だけを残して、家族を置き去りで失踪《しっそう》した者が三人もいる——というものだ。

「それで、お二人にも頼んで、それとなく書き置きを残していなくなった者がいないかどうか、あちこちの町名主に聞いてもらいました。その結果が、これでございます」

樽屋藤左衛門は、一枚の紙を嵐四郎の前に差し出した。十七名の名前や住所、借金の額と借り先、それに失踪した日が書いてある。

それに目を通した嵐四郎は、眉を寄せて、

「これは……」

「結城様も、お気づきになりましたでしょう」

第二の猿面――奈良屋市右衛門が言った。

「奇妙な一致でございますよ。その十七人の内、十人までが、二人ずつ、同月同日に姿を消しております」

「しかも、その最後の一人は」

第三の猿面――喜多村彦右衛門が言う。

「西紺屋町《にしこんやちょう》の伊佐造《いさぞう》という染め物職人は、徳兵衛と同じ日に姿を消しております」

「徳兵衛と伊佐造、これで二人だな」

「はい。他の六人も、我々が調べきれなかっただけで、広い江戸のどこかに、同月同日に失踪した〈片割れ〉がいるかも知れませぬ」

「誰かが、借金で苦しんでいる者を月に二人ずつ拉致《らち》しているというのか。そして、その内の一人が、無残な殺され方をした……しかも、そいつは北町奉行所に顔がきく……」

　嵐四郎は三人の面をみまわして、

「しかし、だ。金持ちをさらって身代金をとるというなら話はわかるが、借金だらけの者をどうするだろう。若い女なら地獄宿へ売り飛ばせるし、健康な若者なら人足として地方へ売ることもできようが、四十五十の男では売りようもあるまい」

「その謎は、わたくしたち三人にも解けませぬ。おそらく、想像を絶するような邪悪な理由があるのでございましょう」

　藤左衛門が言う。嵐四郎は深々とうなずいて、

「わかった。この結城嵐四郎、闇目付として、この事件の真相を必ずや暴いてくれよう」

「お願いいたします」

　三人は揃《そろ》って頭を下げて、喜多村彦右衛門が三方《さんぽう》を差し出した。

「いつものお手当て金でございます」

　三方の上には、二十五両の紙包みが六個――つまり、百五十両が乗っていた。捜査費用と嵐四郎への報酬である。

「事件の首謀者と、その一味は――」

嵐四郎が尋ねると、篠左衛門が、

「いつもの通り、結城様のご判断によって、破邪《はじゃ》の剣をお振るい下さいまし」

## 6

「うむ……いいぞ、お波《なみ》」

蚊帳《かや》の中――北町奉行所与力の朝倉徹蔵《あさくらてつぞう》の下腹部に、洗い髪の女が顔を埋めている。

「湯上がりのお前に口取りをしてもらうと、こたえられないな」

四十過ぎの徹蔵は裸で、十九のお波も全裸の上に浴衣を羽織っているだけだ。その浴衣の裾《すそ》をはぐって、徹蔵は、豊かな若い臀を撫でまわしている。

「この臀の張りがなあ、肌のたるんだ女房とは比べものにならぬわ」

「うふふ……当たり前じゃない」

お波は顔を上げた。目鼻立ちは中の上というところだが、色が白く、大きめの口が如何《いか》にも好色そうで、男心をそそる顔つきである。まだ柔らかい徹蔵のものを、片手でしごきながら、

「ねえ、帯はいつ買ってくれるの」

「この前、着物を買ってやったばかりではないか」

「新しい着物に袖を通したら、それに合う帯が欲しくなったんですよ」

「おいおい、それでは切りがないぞ」

徹蔵は、げっそりとした表情になる。

「お願いよ、旦那……」

お波は、男根の先端を、ちろりと舐めた。

「うっ」

辣腕《らつわん》の与力として知られる徹蔵は、蕩けそうな顔つきになったが、それでも、肉柱に勢いはなかった。

「おかしいわねえ。今夜は、どうして、こんなに元気がないのかしら」

「それは……実はな、お波」

「はい」

「今夜、ある場所で……いや、止めよう。何でもない」

徹蔵は、急に白《しら》けたような顔になって、お波に背を向けた。枕元にある銚子《ちょうし》を手にして、残っていた酒を直接、飲む。

「変な人。自分から言いかけたくせに……うっ」

背後で不審な気配がしたので、徹蔵は、さっと振り向いた。

「っ⁉」

徹蔵は驚愕した。いつの間にか、蚊帳の外に、長身痩軀の影が立っていたからだ。しかも、お波は俯せの姿勢で動かない。血が流れていないところを見ると、蚊帳の外から当て落とされたのだろうが、蚊帳を少しも揺らさずに、そんな芸当ができるものだろうか。

「何者だっ」

喚《わめ》きながら、徹蔵は蚊帳から出ようとした。拙《まず》いことに、大小は蚊帳の外に置いてあるのだ。

が、影法師が白刃を一閃《いっせん》させると、四本の吊り紐《つひも》が切断されて、蚊帳が徹蔵の上に落ちて来た。あせって藻掻《もが》けば藻掻くほど、蚊帳は徹蔵の軀に巻きついてしまう。

その醜態を、墨流し染めの着流しに籠目小紋の袖無し羽織という姿の影法師は、黙って見ていた。

「くそっ、くそっ」

ようやく、蚊帳から抜け出した全裸の徹蔵は、大刀に飛びついた。影法師の方へ振り向きながら、抜き放つ。

それを待っていた影法師が、下から巻き上げるように大刀を振るう。徹蔵の剣は、彼の手を離れると、生きもののように飛び上がって、天井に突き刺さった。

そして、自重により、すぐに垂直に落下して来る。それが畳に落ちる直前に、またも影法師の大刀が閃いた。

甲高い金属音がして、畳に落ちた大刀は、鍔元《つばもと》で両断されて二つになっている。

それを見た徹蔵は、蒼白《そうはく》になって腰を抜かした。縮み上がったものが、下腹の繁みの中に隠れてしまう。

「多くは言わぬ」

影法師――結城嵐四郎は言った。

「徳兵衛殺しの一件、誰に頼まれて幕引きをしたのだ。その相手を、教えてもらおう」

「そ、それは……」

躊躇《ためら》う徹蔵の眼前に、白刃の先端が突き出された。

「わかった、言うっ！　か、金貸しの喜三郎《きさぶろう》だ。本所石原町《いしはらちょう》の井沢屋《いざわや》喜三郎に頼まれたのだっ」

「礼金を貰《もら》ったな」

「百両……少し安かったが、仕方ない。あちこちに、よんどころない借りがあったし……こいつに着物一枚、買ってやらねばならなかった。そこに付けこまれて……もう、手元には、ほとんど残っておらん。本当だっ」

「俺は強盗ではない」嵐四郎は苦笑して、

「井沢屋喜三郎は、なぜ、徳兵衛を殺した。なぜ、毎月二人ずつ、借金まみれの男たちを掠《さら》うのだ」

「その理由は……浅草の春慶寺《しゅんけいじ》裏にある井沢屋の寮《りょう》へ行って見ればわかるさ。今夜が、その日だ」

「その寮で、何が行なわれている？」

「ふ、ふはは……聞きたいか。驚くなよ、おい」

朝倉徹蔵の両眼が、ぎらぎらと狂的な光を帯びた。そして——話した。

「……」

全てを聞き終わった嵐四郎の秀麗な顔は、巌《いわお》のごとく冷たく無表情になっていた。そして、切れ長の双眸全体に、鬼火が爛々《らんらん》と燃えている。

それを殺気と受け取った徹蔵は、ふてぶてしさが消え失せてしまい、平蜘蛛《ひらぐも》のように土下座をした。

「助けてくれ！　助けてくれたら、与力は辞める。あんたの事も、誰にも喋《しゃべ》らん！　頼むっ」

「……与力を辞めるというのは、本当か」

石臼《いしうす》がこすれるような重々しい声で、嵐四郎が訊いた。彼の目は、徹蔵ではなく、もっと遠くにある何かに、視線を結んでいるようであった。

「本当だっ、何なら　金打《きんちょう》しようか」

徹蔵は脇差を手にした。

「その必要はない」

嵐四郎は納刀すると、素っ裸の北町与力に背を向けて去ろうとした。

それを見た徹蔵の顔が醜く歪《ゆが》んで、突然、背後から脇差で斬《き》りかかる。が、嵐四郎は流れるような動きで、その一撃をかわすと、抜く手も見せずに、斬って捨てた。

袈裟《けさ》掛《が》けに斬られた朝倉徹蔵は、歪んだ表情のまま、血染めとなって畳の上に転がる。

蚊帳の中のお波は、気を失ったままであった――。

*7*

残念ながら、手遅れだった。

結城嵐四郎が、その寮へ着いた時には、今月の〈犠牲者〉は殺された後であった。

庭に山谷堀《さんやぼり》の水を引きこんで水路が作られており、そこに浮かんでいる舟に、二人の死骸は乗せられている。

用心棒らしい三人の浪人が庭にいたが、酒が入って声高《こわだか》に話し合っている始末だ。

ぬるりと闇の中から流れ出たような嵐四郎の姿を見て、三人は、あわてて大刀の柄に手をかける。だが、その間に、嵐四郎は一気に間合を詰めていた。

三人の脇を擦《す》り抜けるようにして、その頸部《けいぶ》に白刃を振るう。喉を割られた三人は、悲鳴を上げることもできずに、血煙の中に倒れた。

何事かと大きな土蔵から飛び出して来た五人のごろつきどもも、嵐四郎は、何の容赦もなく瞬時に斬り倒す。そいつらの中には、長持を運んでいた例の二人も混じっていた。

そして、刃の血脂《ちあぶら》を懐紙《かいし》で拭うと、ゆっくりと土蔵の中へ入った。

「誰だね、お前さんは……っ⁉」

井沢屋喜三郎は、信じられぬという表情で立ちすくんだ。小太りの四十代半ばの男である。

土蔵の床は板の間ではなく、西洋のように石畳が敷かれていた。二階へ上がる階段は上に引き上げられるように、吊しになっている。

「闇目付……お前のような外道《げどう》が許せぬ男よ」

「何を馬鹿な……石津《いしづ》さんっ、冬馬《とうま》さん、緒方《おがた》先生っ！　どうしたんですか、早く来てくださいっ！」

「無駄だ」嵐四郎は静かに宣告する。

「みんな、一足先に三途《さんず》の川《かわ》を渡って、向こうでお前が来るのを待っている」

「ひ…人殺しっ」

かすれた声で喜三郎が叫ぶと、

「ほほう。お前は人殺しではないというのか」

嵐四郎は凄いほどの嗤《わら》いを浮かべて、

「借金に困っている者二人に、相手を殺せば、借金を全額返済してやると言って、互いに殺し合いをさせるとは……そして、それを二階から見物させて、金を賭《か》けさせるとは……地獄の悪鬼でも、そんな惨《むご》たらしい事は考えつかぬぞ」

死人講《しびとこう》――これが、井沢屋喜三郎が行なっていた殺人ショウの名前である。

同業者から聞いた情報を基にして、喜三郎は、毎月二人ずつ犠牲者を選び出して、言葉巧みに寮へ連れこんだ。

そして、用心棒とごろつきたちに取り囲まれて、逃げることも断ることもできない状態にした上で、相手を殺すようにと命じた。勝った方には、借金を清算してやるし、別に五十両の褒美《ほうび》をやると言ったのである。

それから、二人に家族あての書き置きを書かせると、拳大の石を一個渡して殺人ショウを開幕させたのだ。

二階の見物席に陣取っているのは、十二人の会員である。旗本や大店の隠居がほとんどで、生き残ると思える方に五十両を賭ける。

総額が六百両になるから、寺銭として主催者の喜三郎が三割の百八十両を抜き、残った四百二十両を〈勝ち馬〉を当てた者が、均等に分けるという仕組みだ。下手をすれば、返金される額が五十両よりも少ない場合があるが、それは、誰も気にしない。賭けは、本物の殺人ショウを、より面白く見物するためのスパイスなのだ。

無論、いくら強制されたからと言って、恨みも何もない相手を殺せるわけがない。しかし、用心棒に白刃で脅かされ、二階席の会員たちから「女房子供のために金が欲しくないのかっ」と野次を飛ばされている内に、追い詰められて、石で殴り合いを始めるのだ。

一撃で致命傷を負わせることは至難の業だから、必然的に、血みどろの凄惨な殺し合いとなる。老年の会員たちは、それを見て、回春剤にしているのだという。一階が石畳になっているのは、後で血脂が洗い流しやすいようにだ。

そして、ようやく血の惨劇に決着がついても、当然のことながら、生き残った方も用心棒に斬殺される。

二人の死体は舟に乗せて、本所の中之郷瓦町《なかのごうかわらちょう》まで運び、そこの瓦《かわら》工場に上げて、窯で骨まで焼却してしまうのだ。その灰を捨ててしまえば、もう、何の証拠も残らない。

書き置きを犠牲者の家に放りこんでおけば、借金に追われて姿を消したと処理される。残された家族は塗炭《とたん》の苦しみを味わうことになるが、そんな事は、喜三郎の知ったことではない。

あの夜だけは、その手順が狂った。

徳兵衛と伊佐造の殺人ショウの間に、舟の繋留綱が解けて流されてしまったのだ。代わりの舟を用意しようにも、夜中のことで、どうにもならぬ。まして、船頭は要らないから舟だけ貸せといっても、疑われるだけだ。血痕の問題もある。

そこで、まず、敗者の徳兵衛を長持に詰めて、大八車で陸路を瓦町へ向かった。そして、三谷橋の袂で、アクシデントが発生したというわけだ……。

「聞いてください。私ゃね、二十余年間、金貸しをやって来て、厭になったのだ」

喜三郎は、必死で弁解を始めた。

「毎日、毎日、お客の顔を見ては、借りた金をきちんと返しそうな顔か、踏み倒しそうな顔か……そんな事ばかり考える。客ばかりじゃない。道を歩いている人を見ても、茶店の親爺《おやじ》を見ても、吉原へ遊びに行って遊女の顔を見ても、そんな品定めばかり……これは疲れますよ。ところが、この死人講をやってみたら、面白いんだ。こいつは絶対に勝つと思った奴が、ころりと負けたりする。逆に、すぐに殺されるだろうと思われた非力な男が、窮鼠《きゆうそ》猫を噛むのたとえ通り、大男をやっつけたりね。いや、生き死にの境では、私が予想もしなかった事が起こる。おかげで気鬱《きうつ》の病いが治り、伜《せがれ》の方まで元気になりました」

「……」

「私だけじゃない。会員の皆さんたちも、若さが甦《よみがえ》った、女と楽しめるようになったと喜んでくださっている。所詮、今日か明日には首でもくくろうという借金まみれの男たちだ。首吊りで死ぬのも、この蔵の中で死ぬのも、大差はない。それなら、他人様《ひとさま》の役に立つだけ、この死人講で死ぬ方が功徳《くどく》ってもんじゃありませんか。ねえ、そうでしょう」

返事の代わりに、嵐四郎は大刀を一閃させた。喜三郎の右手の指が、五本とも石畳に落ちる。死人講の主催者は、怪鳥《けちょう》のような悲鳴を上げた。

「貴様が、死人講の仕組みを考えたのだな」

「痛いっ……い、いや、違います。私は、五十両で、この着想を買ったんですよっ」

「誰からだ」

嵐四郎の顔は、極北の餓狼《がろう》のように鋭くなっている。

「浪人……一年ほど前でしたか、見知らぬ浪人が、いきなり、浅草寺《せんそうじ》の境内《けいだい》で話しかけて来て……たしか、不動《ふどう》とか名乗っていましたが……」

「その不動という浪人は、前にも、そんな観世物をやったとは言わなかったか」

「さ、さあ……別に……」

「小夜という名を、結城小夜という名前を聞いてはおらんか」

「知りません、本当に知らないんですっ」

血を噴く右手の切断面を左手で押さえながら、喜三郎は叫ぶ。

「不動の姿形を、詳しく言え」

蒼白になりながらも、井沢屋は喋った。

「死人講の会員は、みんな帰ったのか」

「いえ……春慶寺の門前町にある〈橘《たちばな》〉という遊女屋を借り切って、女を抱いているはずです……お願いだから、傷の手当てを……」

嵐四郎は、会員全員の名前と素性を言わせてから、

「傷の手当てをする必要はない、これから死ぬ人間はな」

喜三郎は悲鳴を上げて逃げようとした。その頸部を、嵐四郎が真一文字に叩っ斬る。

吹っ飛んだ外道の首は、二間ほど離れた壁にぶつかって、石畳に落ちた。首の切断面から流れる血潮が、洗った石畳を真っ赤に染める。

その光景が、嵐四郎の脳裏に悪夢を甦らせた。

（小夜が自害した場所も、こんな蔵の中だった……）

嵐四郎の妹・小夜は、〈くるま講〉の犠牲者になった。

それは――拉致して来た美女を、屈強な男たちが順番に犯す。一人が犯し終わる度

に、女の前に剃刀《かみそり》が置かれる。凌辱《りょうじょく》されるのが厭なら、自分で死ねというのだ。

こうして、十人の男に犯される間に、何人目で女が自害するか、それに会員どもが賭けるという仕組みだ。輪姦のことを「車にかける」という事から、〈くるま講〉と命名されたのであろう。

小夜は、十人全員に犯されるまで耐えた。そして、賭けが成立しなくなったと知るや、会員どもを「恥を知りなさいっ」と一喝して、喉を掻き切ったのである。

嵐四郎が、その蔵へ駆けつけた時には、後始末のためのごろつきが一人、残っているだけだった。くるま講の主催者は不動という浪人だが、そのごろつきは、ろくに顔を見たこともないという。

会員全員の名前素性を聞き出してから、そのごろつきは始末した。そして、会員どもを一人ずつ斬っていったのである。

最後の一人を路上で始末した時、それを目撃したのが、樽屋藤左衛門であった。その籐左衛門が、「外道を斬る剣を、世のため人のために役立ててみませんか」と説得したのだった………。

妹の仇敵《かたき》である不動は、まだ江戸に潜伏しているらしい。いつか必ず、この剣に奴の血を吸わせてやる日が来るはずだ。

「小夜……」

呟《つぶや》いた声は、虚《むな》しく夜の静寂《しじま》の中に消えていった。嵐四郎は重い足取りで、蔵から出る。

これから、死人講の会員どもを一人残らず斬るという大仕事があるのだ——。

# 事件ノ三　淫煙《いんえん》の比丘尼《びくに》

# *1*

（御父《おとっ》つぁん、どうしたんだろう。こんなに帰りが遅くなることは、今までなかったのに……）

縫物の手を止めたお光《みつ》は、戸口の方を見て溜息《ためいき》をついた。

お光の父の善助《ぜんすけ》は、日本橋《にほんばし》の小間物屋〈信濃屋《しなのや》〉に勤める職人だ。

母親のお滝《たき》は三年ほど前に病死し、今は十八歳のお光と四十二歳の善助の二人だけで、この滝山町《たきやまちょう》の風来長屋で暮らしている。

酒も煙草《たばこ》も女郎買いもやらない堅物の善助は、いつも店からまっすぐに長屋へ帰って来て、お光と一緒に晩飯を食べる。

もしも、何か用事で遅くなる時は、必ず、誰かに言付《ことづ》けをしてお光に知らせるという几帳面《きちょうめん》さであった。

だが今夜は、戌《いぬ》の中刻――午後九時すぎだというのに、まだ、善助は帰ってこないのだ。

残暑の熱気が、路地裏の隅々にまでわだかまっている暑苦しい夜であった。

夕食を摂《と》っていないお光であったが、父親が心配で自分の空腹どころではない。

(ひょっとして、飲めないお酒を無理矢理に飲まされて、そこらの下水溝《どぶ》にでも、はまってるんじゃないかしら)

待つことに耐え切れなくなったお光は、縫いかけの肌着を置いて、立ち上がった。下駄を突っかけて、外へ出る。

普通の者は寝ている時間だが、隣に住む大工の晋太《しんた》は、戸口の前の縁台《えんだい》で団扇《うちわ》を使っていた。

「やあ、お光ちゃん。いつまでも、寝苦しい暑さだなあ。善助さんは、まだ戻らねえのか」

「うん。だから、ちょっと、そこいらを見て来ようと思うの」

「若い娘が一人じゃ、物騒だ」

腕にとまった蚊を、晋太は、ぴしゃりと音高く潰《つぶ》して、

「よし、俺が一緒に行ってやろう」

「いいのよ。ほんのそこらを見て来るだけだから。もしも、入れ違いに御父つぁんが帰って来たら、そう言ってね」

「わかった。気をつけなよ」

晋太に見送られて、お光は路地から出た。

時刻が時刻なので、通りに人影はない。だが、風が通るためか、路地裏よりは涼し

いような気がする。

下駄を鳴らしながら、京橋《きょうばし》の方へ、お光は歩く。

（そういえば、ここ二、三日、御父つぁんの様子が変だった。何か考えこんでるような……お店で何かあったのかしら。仕事のことは、何にも話してくれない人だから……）

不安の雲が、むくむくと心の中で膨れ上がってゆくと、自然と足が早くなる。

と、いきなり、背後から襟首《えりくび》をつかまれた。

「っ⁉」

悲鳴を上げる間もなく、大きな左手に口元をふさがれてしまう。そして、凄《すご》い力で引きずられて、積み上げられた天水桶《てんすいおけ》の蔭《かげ》に連れこまれた。

「この娘か」

後ろからお光を捕まえている男が言った。ひどい口臭と脂っぽい体臭が、お光の鼻《び》孔《こう》に流れこむ。

「どれ……うむ、間違いない」

色黒の浪人者が、お光の顔を覗《のぞ》きこんで言う。背後の男も、浪人者らしい。

だが、なぜ、この二人が自分を捕まえたのか、お光には、まるでわからなかった。

逃げようと藻《も》掻《が》いたが、男の力の方が何倍も強い。

「自分から長屋を出てくれるとは、大助かりだ。こっちが忍びこむ手間がはぶけたからなあ」

色黒の浪人者が、大刀の鯉口《こいくち》を切った。

殺されるとわかって、恐怖のために、お光の手足が痺《しび》れたように動かなくなった。

「まあ、待てよ。どうせ、殺すのなら、その前に楽しもうではないか。この娘、ずいぶんと抱き心地がよいぞ」

お光は、死への恐怖とは別の恐怖で、ぞっとした。

「お主は、すぐそれだ。本当に好色者《スキもの》だな」

「そう言うな。素人娘を手籠《てごめ》にするのは、商売女を買うのより楽しいぜ。息の根が止まるまで、散々に痛めつけ嬲《なぶ》りぬくのがな」

「そういうものかな。よし、この先の空家へ連れこむか」

浪人者は、大刀を納めると、お光の鳩尾《みぞおち》に当て身をくれようとした。

その時、

「――待て」

突然、闇《やみ》の奥から声がかかって、二人の浪人者のみならず、お光までも驚いた。

「非道は許さん。その娘を放せ」

常夜燈の光の中に、ゆっくりと登場したのは、墨流し染めの着流しに籠目小紋の袖無し羽織、長身痩軀《そうく》の浪人である。彫りの深い、凄味《すごみ》すら感じられる美男子だった。

闇目付——結城嵐四郎である。

「うるさい。邪魔すると叩《たた》き斬《き》るぞっ」

色黒の浪人者が、抜刀《ばっとう》した。

お光の軀《からだ》が、乱暴に地面に叩きつけられ、彼女を捕らえていた小太りの浪人も、大刀を抜き放った。

「抜け、どうしたっ」

「今さら怖気《おじけ》づいたと言っても、もう遅いぞっ」

自分たちが二人であることで、圧倒的な優勢に立ったと思っているらしく、色黒と小太りは吠《ほ》える。

ちゃっ、と嵐四郎の草履が鳴ったと思った瞬間、二人の浪人の大刀は頭上を飛び越えて、遠くの地面に落ちた。

いつ、嵐四郎が抜いたのか、いつ、自分の刀が弾き飛ばされたのか、それすらわからぬほどの早業であった。脇差を抜く気力すら、わかない。

「言え。なぜ、この娘を殺そうとしたのだ」

嵐四郎は、大刀の切っ先を小太りの浪人の胸元に向けて、

「そ、それは……」

肉づきのよい頰《ほお》を痙攣《けいれん》させながら、その浪人が話そうとした時、

「うっ？」

眼球が飛び出すのではないかと思われるほど、大きく両眼が見開かれた。右手で首筋を搔《か》きむしるようにしながら、朽《く》ち木のように横向きに倒れる。

はっと察した嵐四郎は、機敏に一間ほど跳んで、軒下《のきした》に身を隠した。

その時には、色黒の浪人も呻《うめ》きながら地面に倒れる。両手で地面を搔きむしるようにして、その男も絶命した。

二人とも、首の後ろに吹き矢を射《う》ちこまれている。

嵐四郎の鋭い視力は、反対側の家の屋根に守宮《やもり》のように腹ばいになっている人影を、見つけていた。

大刀の鞘《さや》に仕込んだ小柄《こづか》を、その影に向かって打つ。

「うっ……！」

お光を狙《ねら》っていた影の手から、吹き矢筒が落ちて地面に転がる。身をひるがえして、影は音もなく逃走した。

「素早い奴《やつ》……」

納刀した嵐四郎は、小太りの浪人の首の吹き矢を、懐紙《かいし》で包んで回収した。曲者《くせもの》が落としていった筒の方もだ。

それから、お光を助け起こして、通りの方へ出る。

「しっかりしろ。怪我《けが》はないか」

「は、はい……ありがとうございます」

嵐四郎の胸にすがりついたままで、ようやく、お光は礼を言う。小鳥のように震えていた。

「あいつらに狙われる覚えはあるのか」

「いいえ……まるで知らない人たちです」

「しかし、あいつらの方は、お前の顔を知っていたようだが」

「それが不思議です」

二人が顔を見合わせていると、遠くの方から駆けて来る足音がした。

「おーい、お光ちゃんっ」

「あ、晋太おじさん」

走って来たのは、大工の晋太であった。

「大変だよ。今、長屋へ岡っ引の文吉《ぶんきち》親分が来て……善助さんの死体が見つかった、と」

「ええっ！」

お光は気が遠くなるのを感じた……。

## *2*

善助の死体は、三十間堀《さんじっけんぼり》にかかる汐留橋《しおどめばし》の近くの自身番に運びこまれていた。

戌の上刻――午後八時ごろ、橋の根元に引っ掛かって浮かんでいるのを、小用を足そうとした夜泣き蕎麦屋《そばや》が見つけたのだという。

駆け付けた岡っ引の文吉や検屍《けんし》の役人の見立てでは、泥酔して堀にはまったための溺死《できし》であった。

身元のわかるようなものは所持していなかったが、幸い、自身番を覗きに来た近所の野次馬の中に、善助を見知っている者がいた。

それで、文吉が風来長屋へやって来たというわけだ。

「酔って溺死なんて、そんなこと嘘《うそ》ですっ」

父親の死骸にかじりついて号泣したお光は、死因を聞かされると、涙も拭わずにくってかかった。

「嘘とはなんでぇ」

文吉は、むっとした表情になった。

四十すぎの、酒焼けした赤鼻をした、いかにも十手《じって》持ちという横柄そうな顔つきの男である。

「胃袋の中のものを吐かせてみたら、鼻が曲がりそうなくらい安酒のにおいがぷんぷんしていたし、半分溶けかかった肴《さかな》もあった。目立った傷も何もねえから、溺死に間違いねえんだ」

「だって、だって……」

感情が昂《たか》ぶっているお光は、理詰めの反論が出来ない。

「おめえ、お上《かみ》の判断にけちをつける気か。十手御用を預かる俺を馬鹿にしてるのか」

面子《めんつ》を潰されたと感じたのか、文吉の表情が険しくなる。こういう権力の末端にいながら能力の低い人間に限って、異常にプライドが高いのだ。

「だって、御父つぁんは下戸《げこ》で、お酒が一滴も飲めないんですっ」

「なんだ、そんな事か」

文吉は嘲《せせ》ら笑って、

「男にはな。一滴も飲めねえ奴にも、酒を飲みたくなる日があるもんだ。銭の心配か、仕事の失敗か、女郎に振られたのか、まあ、理由は何でもいい。飲まずにはいられねえって時が、あるもんよ。その飲めない酒を無理して飲んだからこそ、足元が危なくなって、掘割に落ちたんだろう。ちゃんと筋道が立つじゃねえか」

「でも……」

「大体だな。酔って堀にはまったんじゃなけりゃ、何だと言うのだ。自殺か」

「殺されたんじゃないでしょうか」

「誰に殺されたんだ。謹厳実直な小間物屋の職人を、誰が、どんな理由で殺すというのだ。懐《ふところ》には、流されもせずに、巾着《きんちゃく》が残っていたんだぜ。それとも、お前は、父親に恨みを持ってる奴でも知っているのか」

「そんな人……知りません」

「ほうれ、見ろ。溺死じゃない理由なんて、ありゃしねえじゃないか」

「だけど……」

お光は救いを求めるように、土間の隅に立っている結城嵐四郎を見つめる。

長屋へ戻る途中に、お光は「浪人者に襲われたことは喋《しゃべ》るな」と嵐四郎に囁《ささや》かれていたのである。

「親分。この善助が飲んだ居酒屋というのは、見つかったのかね」

嵐四郎は、穏やかな口調で訊《き》く。

「う……」文吉は一瞬、言葉に詰まって、

「居酒屋なのか屋台なのか、たかが溺死で、そんな事を調べていたら、切《き》りがありませんよ。酒を飲んでいたことは間違いねえんだから、それでいいでしょうが。大体、ご浪人さんは、この父娘と、どういう関係なんです」

「いや。たまたま、通りがかりに、この娘が父親を捜しているのに出くわしてな。娘一人では危険だから、長屋へ戻れと話していたところへ、訃報《ふほう》が届いたというわけだ」

「だったら、無関係じゃねえですか」

「なんの。袖すり合うも他生《たしょう》の縁《えん》というではないか。放ってはおかれん気がしたから、ここまで同行したのさ」

「へ……まあ、確かに、磨けば光りそうな珠《たま》ですからねえ。放っておくには惜しいでしょうよ」

分厚い唇に卑《いや》しい嗤《わら》いを浮かべて、文吉は、じろじろとお光の全身を見つめる。

「それに、今ひとつ不審がある」

「何です」

「善助の奉公している店は日本橋、住居は滝山町。それなのに、汐留橋で堀に落ちるというのは、まるで方角が違うようだが」

「わからねえ方々だなあ」

文吉は苛立《いらだ》たしげに舌打ちして、

「何か悩み事があって酒でも飲もうかという人間は、あっちこっちとふらふらしてから店に入るもんだ。長屋へ帰る道筋から離れていたって、何の不思議もねえでしょうが」

上がり框《かまち》から立ち上がると、わざとらしく伸びをしながら、

「それでなくとも、近ごろは、お江戸に阿片《あへん》狂いの奴が増えて、こっちは毎日、目の回るような忙しさなんだ。溺れ死んだ酔っ払いなんぞに、いつまでもかまっている暇はねえ」

「……………」

「こんな時刻だ。ホトケの引き取りは明日の朝で構わねえから、もう、引き上げてくれ」

「わかった。ご苦労をかけたな、親分」

「どういたしまして」

まだ何か言いたそうなお光の肩を抱いて、嵐四郎は自身番を出る。そこから少し離れた場所で、

「お侍様……」

十八娘は、嵐四郎の袖にすがりついた。

「わかっている。善助の死とお前を襲った浪人たちは、何か関係があるに違いない。お前の父が誰かの手にかかったのなら、その下手人は、必ず俺が捜し出してやる」

「本当ですかっ」

「約束だ」

「嬉しい……」

思わず、お光は男の胸に顔を埋めてしまう。その背中を撫《な》でてやりながら、

「長屋へ戻るのは危ない。今夜は、俺が宿をとってやろう。よいな」

「……はい」

逞《たくま》しい胸の中で、お光は、こくりと頷《うなず》いた。

嵐四郎は、娘を連れて馴染《なじ》みの船宿へ向かう途中に、わざと襲撃現場の近くを通った。

予想していた通りだった。

二人の浪人の死骸は、跡形もなく消えていたのである。

*3*

「飲むか」

遅すぎる夕食を終えた十八娘に、嵐四郎は徳利を差し出した。

「いただきます。飲んだことないですけど……御父つぁんのお通夜ですから」

「うむ」

嵐四郎に酌をしてもらって、お光は一息で飲み干す。それから、ほうっ……熱い吐

息を洩《も》らした。

嵐四郎は無言で、もう一杯注いでやる。

そこは、日本橋川に面した小網町《こあみちょう》三丁目にある〈仙寿《せんじゅ》〉という船宿の、二階の座敷だ。

ここへ入ると、嵐四郎は、すぐに店の若い衆に心付けを渡して、彼の一の乾分《こぶん》を自称している庄太に手紙を届けさせた。

明日の朝、この船宿へ来てお光を風来長屋へ送り、善助の死体を引き取って葬儀の手助けをしてやるように――という内容だ。

無論、葬儀が終わるまで嵐四郎もお光を見守るつもりだが、浪人の自分が葬儀の表に出るわけにはいかない。

それから、疲れ切ったお光が風呂へ入り、夕食を摂っている間、嵐四郎は酒を飲んでいたのである。

かなりの量を飲んだのだが、嵐四郎の端正な顔に酔いの兆候は全くない。

それに対してお光の方は、たった二杯の酒で目の縁《ふち》が、ほんのりと赤く染まっている。

が、それは陽気なものではなく、たった一人の肉親を失って打ち拉《ひし》がれている娘の哀れさを、余計に強調しているだけであった。

「もう一杯、いただけますか」

「無理はするな」

「……御父つぁんが……溺れ死んだんじゃなくて、殺されたんだとしたら……どうして？」

「他人の恨みをかうような覚えはないと言ったな」

「はい。遊びごとは一切しないし、酒も煙草もやりません。匂《にお》い袋作りの職人にはご法度《はっと》だと言って」

匂い袋とは、絹の袋に香り高い丁子《ちようじ》や麝香《じやこう》、白檀《びやくだん》などを入れたものである。若い娘などが、嗜《たしな》みとして懐中に入れておくものだ。

善助は、その香料の調合師であった。同じ香料を使っても、その微妙な調合具合によって、出来上がりに大きな違いが出てくる。

実際、善助の匂い袋は客の評判が良く、彼は腕のよい調合師として信濃屋の主人からも信頼されていたという。

「なるほど。調合師にとって嗅覚《きゆうかく》が命、それで酒も煙草も遠ざけていたのか」

「好きで風邪をひく人はいませんが、御父つぁんはとりわけ、風邪をひかないように気をつけていました。鼻がつまったら、仕事になりませんから。一度、芝居見物に誘われたんですけど、人が大勢集まるところでは風邪を貰《もら》いやすいからと断ってしまいました」

「立派な職人だったのだな」

「はい……」

沈んだ表情のお光の唇に、少しだけ嬉しそうな微笑が浮かんだ。

「だが、お光」嵐四郎は手酌で注いで、

「お前の父が無理に酒を飲まされ、溺死に見せかけて殺害されたのだとすると、これは単純な殺しではない」

突発的な喧嘩《けんか》か何かなら、首を絞めるなり殴り殺すなり刃物で刺すなり、直接的で荒っぽい殺人法になるはずだ。

懐の巾着は盗《と》られていなかったのだから、金目当ての殺しでもない。

一見、事故と思える手のこんだ方法で殺すということは、下手人の側に余程の理由がなければならぬ。

しかも、お光を襲った浪人者は二人、口を割ろうとしたそいつらを吹き矢で仕留めた奴が一人……何か悪党の集団が関係しているとしか思えない。

「焦《あせ》らずに、最近、善助の言動に変わったことがなかったかどうか、考えてみろ」

そう言って、嵐四郎は杯を干した。

「変わったことと言っても……そういえば、四、五日前に、比丘尼《びくに》煙草の話をしていました」

「比丘尼煙草というと、今、評判の女煙草売りのことか」

今年の春先から、浅草広小路の煙草店〈木島屋《きじまや》〉が、新しいスタイルの販売法を始めた。

普通、煙草店は、他の商店と同じように、やって来た客を相手に煙草を売る。自分で店を出す資本のない者は、問屋から仕入れた煙草を持って、町のあちこちを売り歩く。

木島屋の主人藤右衛門《とうえもん》が考えたのは、自分の店の売り子に同じ衣裳《いしょう》を着せて、売りに歩かせるというものだ。

つまり、制服着用の巡回訪問販売である。個人の商売だった廻り商いを、組織化したわけだ。

それも、煙草売りは男という常識を覆し、二十歳前後の美女ばかりを集めて、臀端《しりは》折《しょ》りした小袖に白い木股《きまた》という若い衆の格好をさせた上に、頭には尼僧が用いる白い被《かぶ》り物をつけさせるという凝り具合。

男装の美人が尼僧の被り物をしているというミスマッチが、えも言われぬ色香を生むのだ。

背負い箱の角には、〈長寿延命木島屋煙草〉と染め抜いた小さな幟《のぼり》を立てている。

これが大人気となり、誰がいうともなく、ついた呼び名が〈比丘尼煙草〉である。

「ええ。あれは妙なものだ、と首をひねっていました」

「たしかに妙な格好だが……」

それでは、事件の手がかりにはならない。

木島屋は、女煙草売りたちに売春はきつく禁じているというから、善助が比丘尼の色香に迷って問題を起こしたのでもなかろう。

「嵐四郎様」

お光は、男の袖を握って、

「あたし、怖い。怖いんです。御父つぁんは殺されるし、あたしは襲われるし、理由も何もわからないのに……怖いっ」

そう言って、嵐四郎の膝《ひざ》の上に顔を伏せた。

悲嘆と不安にさいなまれている女を男が救う方法を、嵐四郎は一つしか知らない。

忍びやかな嗚咽《おえつ》を洩らしている十八娘の顔を上げさせて、その頤《おとがい》に指をかけると、花のような唇を吸ってやる。

「ん……」

彼の舌が自分の口腔《こうこう》内に侵入するのを、お光は、わずかしか拒まなかった。それどころか、嵐四郎が舌を使うと、夢中になって吸い返してくる。

躯つきや肉の感触からして、男知らずの生娘《きむすめ》であることは間違いない。

この時代の十八歳といえば、結婚して子供の一人か二人産んでいてもおかしくない年齢だ。

だが、結婚もせず男も知らずに父親の面倒を見てきた、健気《けなげ》な娘なのである。

そのお光が、逢《あ》ったばかりの嵐四郎に抱かれることに積極的になっているのは、彼に好感を持っているというだけではなく、やはり、初めての行為に溺れて不安を忘れようとしているのだろう。

嵐四郎は、胸への愛撫を後回しにして、横座りになって乱れているお光の裾前《すそまえ》を、右手で割る。

恥じらって太腿を合わせようとするのを、巧みにあしらいながら、なめらかな内腿を撫で上げてゆく。

「あっ……」

お光は思わず唇を放して、首を仰《の》けぞらせた。男の指先が、太腿の付根の湿った柔らかい部分に到達したからである。

処女の聖地を覆っている秘毛は、豊かであった。しかし、糸のように細くて柔らかいので、感触はよい。

誰にも触れさせなかった場所から発せられる未知の感覚に、戸惑っている娘の軀を、嵐四郎は、静かに畳の上へ寝かせた。

お光の感覚が醒《さ》めないように、秘処への愛撫を続けながら、左手で彼女の帯を解き、着物を脱がせてゆく。

無論、お光がそれに協力的であったことは、言うまでもない。

広げた肌襦袢《はだじゅばん》の上に、一糸まとわぬ処女の白い裸身が横たえられる。紅色の乳輪と黒い草叢《くさむら》だけが、真っ白な肌と強いコントラストをなしていた。

骨細だが肉づきは豊かで、胸乳《むなぢ》も大きい。

二刀を脇に置いた嵐四郎は、自分も着物を脱いで、下帯ひとつになった。

すでに硬く尖《とが》っている乳頭を、唇で挟み軽く歯を当てると、

「あ……あんっ」

敏感な処女の秘部から熱い蜜が湧き出して、嵐四郎の指を濡らす。

二つの乳房を愛撫した嵐四郎の唇は、這い進んで、乙女の濃厚な匂いがする左の脇の下へ達した。汗に濡れた窪《くぼ》みを、舐《な》める。

「嵐四郎様、そんなとこ……」

そこは、お光の性知識にない部分だったらしく、娘は驚きと困惑の入り混じった表情になる。

が、くすぐったさを越えた快さがあると知って、甘い呻きを洩らした。

上半身への口唇愛撫と並行して、無論、花園への指戯も抜かりはない。

今や、葛湯《くずゆ》を流したようになっている亀裂《きれつ》を弄《もてあそ》びながら、その愛汁で濡れた背後の門までも、小指の腹でくすぐる。

それから、お光の下肢を大きく広げると、胡坐《あぐら》をかいた自分の膝の上に乗せる。

そして、娘の臀を持ち上げると、濡れた秘部に唇をつけた。花びらの発達具合は良好だ。ふっくらと肉厚で、赤みを帯びている。

「だめ、羞《はず》かしい……っ！」

十八歳の花弁を舌で舐め上げると、お光は両手で顔を覆い、身をよじってしまう。

嵐四郎は、じっくりと唇と舌を使った。

処女の心から初交合への怖れが消えるまで、尖った女核や花孔内部や蟻《あり》の門渡《とわた》り、後門まで舐めしゃぶる。

お光は、あまりにも強い悦楽のために、啜《すす》り哭《な》いた。

「あたし、あたし……もう……」

「ひとつになりたいか」

「嵐四郎様のものにして下さいまし……」

返事の代わりに、嵐四郎は軀を重ねる。下帯を解くと、灼熱《しゃくねつ》の巨砲を濡れそぼった秘処にあてがった。

貫く。

「………っ!!」

処女の肉扉が一気に引き裂かれて、お光は悲鳴を上げたが、その時には、男の肉柱は奥の院にまで達していた。

破華《はか》の儀式を終えた嵐四郎は、腰を静止させたままで、堅く閉じたお光の目からこぼれた涙を吸ってやる。

「一番痛いところは終わったぞ」

彼がそう告げると、お光は、瞼《まぶた》を震わせながら目を開いて、

「……本当？」

「ああ、安心するがいい」

再び目を閉じて、お光は接吻《せっぷん》を求める。嵐四郎は、その唇を吸ってやった。

そして、お光の痛みが和らぐと、ゆっくりと腰を使って、若々しい娘の秘肉を味わう。

生まれて初めての絶頂に昇りつめた十八娘の最深部に、結城嵐四郎は、したたかに放った。

その時、お光が流した涙は、苦痛からのものではなく、あまりにも強烈な喜悦ゆえであった……。

# 4

「おっ、お凜坊じゃねえか。久しぶりだなあ」

凜之助こと男装娘のお凜に声をかけて来たのは、六十すぎの老爺《ろうや》であった。

「あら、敬六《けいろく》おじさん」

深川《ふかがわ》は永代寺《えいたいじ》の門前町——嵐四郎がお光を助けた翌日の午後である。

廻《まわ》り研屋《とぎや》のお凜は、道具箱を抱えて次の商い場所へ向かうところだった。

「半年ぶりかな。元気かい」

「うん。おじさん、軀の具合はいいのかい。房州の親戚の家で、養生してたって聞いたけど」

「へっ、この年齢になりゃあ、全快ってわけにゃあいかねえ。江戸っ子は、やっぱり江戸で死にてえと思って、十日ばかり前に、戻って来たんだ」

小柄で筋張った軀つきの敬六だが、顔色は普通で、病み上がりには見えない。

敬六は、ちょっと周囲を見回して、

「どうだい。急ぎの用がなけりゃ、そこらでお茶でも。こんな年寄が相手で、申し訳ねえが」

「うふふ。いいよ」

二人は、近くの茶店に入った。葭簀《よしず》の蔭の縁台に並んで座って、

「俺《オイ》らはお茶と団子でいいけど、おじさんは酒の方がいいんだろ」

「そうだな。じゃあ、そうさせて貰おうか」

お凛の父の吉蔵は、飛燕の吉と呼ばれたほどの凄腕《すごうで》の独り盗人《ぬすっと》であった。

力に頼る集団の盗賊ではなく、自分だけで店や蔵に忍びこみ、大金や宝物を盗みとる一匹狼《おおかみ》である。

だが、九年前のある夜、町方の刺又《さすまた》に突かれて足を怪我し、縦横無尽に屋根から屋根へと駆け回っていた敏捷《びんしょう》さは、永久に失われてしまった。

それで吉蔵は、一人娘のお凛に特訓を施して、自分の後継者に育て上げたのである。

女ながら父の才能を受け継いでいたものか、十八歳のお凛は、幻小僧の異名をとる独り盗人になった。

敬六は吉蔵の友人で、表稼業は錠前師だ。裏の稼業では、合鍵造りの名人といわれている。

もっとも、吉蔵もお凛も、一度も敬六に合鍵造りを依頼したことはない。

独り盗人は錠前も自分で開けるもの――それが、父娘二代にわたる哲学なのである。

「それにしても、やっぱり娘っ子てのは、侮《あなど》れねえな」

「ん？」

「たった半年見ねえ間に、めっきり色っぽくなりやがった。男断ちの願掛けをしてるのを知らなけりゃ、てっきり、情人《いろ》が出来たと思うところだぜ」

「俺らはそんな……」

結城嵐四郎に抱かれて女として開花したことが、外見からもわかるようになったのか——とお凛は耳のあたりが熱くなってしまう。

「ははは、は。お凛坊も赤くなるなんて業《わざ》を使うようになったか。俺も老いぼれるわけだぜ」

機嫌よく猪口《ちょこ》を空けた敬六は、表情を改めて、

「ところで、研屋は繁盛しているようだが、あっちの方はどうだい。二、三カ月前に、鮮やかな仕事をしたと聞いたが」

声をひそめて、尋ねる。

「うん……」

お凛は、曖昧《あいまい》な顔つきになった。

嵐四郎に諭《さと》されて盗人稼業から足を洗ったお凛であったが、それを昔からの知り合いに言わない方がよいと思っている。

堅気になった者は、当然ながら、裏稼業の人間たちから敬遠される。

が、まだ盗人稼業を続けているような振りをすれば、暗黒街の情報が耳に入りやすくなるし、それで闇目付たる結城嵐四郎の手伝いが出来るからだ。

「おっと、俺としたことが、素人みてえなことを訊いちまった。これからの仕事なんて、話せるわけもねえのになあ」

「いや、まあ……ぼちぼちと、ね」

敬六は、納得したように頷いて、

「ところで、半次《はんじ》の野郎を見かけたよ」

「半次って……〈稲妻《いなずま》半次〉かい。昔、御父つぁんと並ぶ凄腕だといわれた……」

「ああ、そうだ。もっとも、野郎は吉さんと違って、刃物を使う凶盗さ。家の者に騒がれて殺しもやったし、女も手籠《てごめ》にしている。吉さんみてえに綺麗な仕事はしてねえよ」

法を破る犯罪に綺麗も汚いもあるのか——と最近は考えているお凛であったが、無論、今は口に出さない。

「でも、稲妻半治の噂《うわさ》は、ここ何年か聞かないようだけど」

「それもそのはずよ。野郎、堅気になっていやがった」

「堅気に……？」

お凛は、自分のことを見通されたように、どきりとした。

「ああ、大店《おおだな》の主人におさまりかえっていたよ。何でも商売が順調らしい。あんな外《げ》道《どう》が大手を振ってお天道様の下を歩いているんだから、情けなくなるぜ。向こうは、俺のことに気づかなかったようだがな」

「ふうん。ずいぶんと荒稼ぎしてたらしいから、それを元手に商いを始めたのかな。で、何の商売だい」

「……お凛坊」

急に、敬六は、強《こわ》ばった表情になった。

「おめえ、怒らないで聞いてくれるか」

「怒るなって、何をさ」

「実は、おめえに、ずっと隠していた事があるんだ」

「厭《いや》だな、おじさん。焦《じ》らさないで、早く教えてよ」

緊張をほぐすように、お凛は笑顔を見せる。

「じゃあ、言うよ。あの半次は……おめえの御父つぁんの仇敵《かたき》なんだ。あいつが、吉さんを殺したんだ」

5

四谷《よつや》の鮫ケ橋坂下《さめがはしさかした》、御鎗組《おやりぐみ》屋敷の方へ少し入ったところに、小さ数珠屋《じゅずや》がある。〃

薄汚れた看板に書かれた屋号はほとんど消えかかっているが、かろうじて〈百《ひゃく》八《はち》〉と読めた。無論、数珠の百八珠からきているのだろう。

店先に並べられた箱に入っている数珠も、壁の棚に並べてある位牌も、埃《ほこり》をかぶっていて、店全体が何ともうらぶれて見えた。

呆《あき》れたことに、店先には誰もいない。商いをする気が、全くないように見えた。

善助の死から五日後——菅笠《すげがさ》をとった結城嵐四郎は、その店の土間へ入って、

「御免」

そう声をかけると、ややあって、三毛猫を抱いた四十男が、のっそりと奥から出て来た。

「いらっしゃい。お数珠ですかい」

寝呆《ねぼ》けているような風采の上がらない男で、喋り方まで、ぼそぼそとはっきりしない。

「うむ。ここで、唐渡《からわた》りの骨数珠を扱っていると訊いたのだが」

「そんなら奥だ。まあ、どうぞ」

嵐四郎は、土間続きの奥へと入る。裏庭に面した六畳間へ上がると、男が茶を出した。

「旦那、また、地獄送りの外道が見つかりましたか」

この男――名を、亀八《かめはち》という。

今でこそ、数珠屋の主人に納まりかえっているが、かつては〈銭亀《ぜにがめ》〉と呼ばれる処刑人《ころしにん》であった。処刑人とは、金を貰って見ず知らずの相手を密かに始末する、プロの殺し屋のことだ。
七、八年前に足を洗って、この数珠屋を開業したが、店はまるで流行《はや》らない。現役の時に貯めた金で三軒の借家を持っているので、何とか、その賃料で暮らしているようだ。
昨年、釣りをしていた嵐四郎を背後から何気なく覗きこんだところ、「お前、昔は堅気ではなかったようだな」と、ずばりと言い当てられた。

気を呑《の》まれた亀八は、近くの料理茶屋で彼と酒を飲み交わしているうちに、ためらいなく自分の過去を話してしまい、以後は、嵐四郎の知恵袋になっている。

「お前に見てもらいたいものがある」

嵐四郎は懐から、風呂敷に包んだ吹き矢筒と吹き矢を取り出した。お光を襲った二人の浪人者を始末した奴が、落としていったものだ。

「ほう。こいつはまた、剣呑《けんのん》な……拝見します」

三毛猫を縁側に置いて、亀八は、懐紙の上に吹き矢を乗せて調べる。

相変わらず寝呆けたような顔つきだが、細い目に、鋭い光が宿っていた。

「先端に毒が塗ってあるぞ」

「はい、気をつけます……こいつで誰か、くたばりましたか」

「二人、浪人者だが」

「十と数えぬうちに、息絶えたのでは」

「見ていたようだな」

「琉球渡りの銀波布《ぎんはぶ》ですよ」

亀八は、ゆったりとした嗤いを浮かべる。

「ずいぶんと高価なものですがね。相撲取りの二人や三人、楽に殺せるほどの量が塗ってある。これを使っていた奴は大層、金まわりがいいか、よほど依頼料が高かったんでしょう」

それを聞いた嵐四郎は、彼に五日前の夜の事件を説明した。

「亀八。毒の吹き矢を使う処刑人に心当たりはないか」

「そうですなあ」

引退した処刑人は、筒を調べながら、

「室井真兵衛《むろいしんべえ》は、ずいぶん前に殺《や》られたし……暁戸《あけど》の今助《いますけ》は卒中で倒れて仕事はできねえ……江戸者でないとしたら、上方の奴かも知れませんね。なぜか、東よりも西の処刑人の方が、飛び道具を使う奴が多いんですよ」

「大坂は、江戸に比べると浪人の数が少ないからだろうな」

「そうかも知れません。この筒の材料になっている竹も、西のものらしく思えます」

「その銀波布の毒だが、解毒剤は」

「ありません」

にべもなく、亀八は言う。

「たとえ、あったとしても、旦那。吹き矢が当たったら、十どころか、五つ数えたくらいで目の前が真っ暗になっちまうんですぜ。解毒剤を飲む暇も、効く暇もありゃしませんよ」

「なるほど。そういえば、そうだ」

嵐四郎は苦笑する。

「おい、お駒《こま》よ。あっちへいっておいで」

寄って来た三毛猫が、しきりに竹筒の吹き口のにおいを嗅ぐので、亀八は、やさしく言ってやる。

が、はっとして、その吹き口に鼻を近づけた。難しい表情になって、懐紙で太い紙縒《こよ》りを作り、それに茶を少し浸して、吹き口の内部を拭う。

それから、汚れた紙縒りのにおいを熱心に嗅いで、

「結城の旦那。この吹き矢の遣い手は、阿片狂いですぜ。簡の内側についた唾液に、中毒者特有のにおいが残っています」

「阿片だと……」

阿片――阿芙蓉《あふよう》ともいう。麻薬である。

芥子《けし》の未熟蒴果《さくか》から分泌される白い乳液を固めたものが、生阿片だ。

阿片に含まれているモルヒネには、強力な鎮痛効果があり、鎮痛剤として優秀である。が、同時に強い陶酔作用と依存性があり、これが麻薬中毒患者を生む。

地中海沿岸を原産地とする芥子は、中国に伝わると、薬用としてだけではなく、媚《び》薬《やく》としても使われるようになった。

性器の粘膜に阿片をすりこんで性交すると、この世のものとは思えぬ快楽が得られるからだ。自分の健康や生命と引き替えにして、ではあるが……。

その芥子は、密教とともに中国から日本へ渡って来たといわれるが、その時期は定かでない。

しかし、この時代には、日本国内で芥子が栽培されている……。

「そういえば、岡っ引の文吉も、阿片狂いが増えていると嘆いていたな。先月も、阿片で気が触れた男が、吾妻橋《あづまばし》で、何の関係もない通りがかりの者を三人も刺し殺した事件があった」

「あっしも聞いてます。町奉行所が必死で取り締まりをしているのに、なぜか、御府内に阿片が出まわっているそうで。このお駒が気づいたように、阿片は特別なにおいがするんで、隠し持っていても、わかりやすいんですがねえ」

「すると……善助は、阿片密売の一味に殺されたのかも知れんな」

嵐四郎の眉宇《びう》に、強い決意の色が浮かぶ。

「旦那。これは手強《てごわ》い相手ですぜ」

「江戸の庶民に阿片をばら撒き、無関係の者にも被害を与える一味となれば、いかに大がかりな組織であろうと、叩き潰さずにはおかぬっ」

しきりに辞退する亀八に礼金を渡してから、結城嵐四郎は、百八を出た。

善助の葬儀が済んでから、お光は、小石川《こいしかわ》の借家に隠してある。

庄太に住みこみの用心棒をさせているが、日に一度は嵐四郎が訪れて、濃厚な交歓をしているので、何も知らなかった処女の肉体は、急速に開花していた。

だが、嵐四郎の足は小石川へではなく、本所《ほんじょ》へと向かった。

本所の樽抜長屋へ行ったが、お凛は留守であった。近所の者に訊くと、ここ四日ほど帰宅していないという。

嵐四郎は、簡単な手紙を書いて、部屋に残して置いた。

幻小僧凛之助ことお凛は、嵐四郎に処女を捧げて、彼を一心に慕っている。そのお凛に、嵐四郎は、護身のために刺雷術《しらい》を教えた。

二年前に、最愛の妹が悲惨極まる死に方をした時から、嵐四郎は魂の一部が壊れて、女に心を許すことが出来なくなった。

その嵐四郎が、お凛のいじらしさに打たれて、彼女を愛《いと》しいと思うようになったのである。

ところが、そのお凛が神田須田町の家に来なくなった。連絡もなく、長屋にも戻っていない。

若い娘ながら盗人として非凡な才能を持っているお凛だけに、滅多なことで危害を加えられることはないと思うのだが……。

(もう二、三日、待ってみて、それでもお凛から連絡がなければ、早耳屋《はやみみや》たちに捜させるしかあるまい)

だが、それは最後の手段だ。早耳屋――つまり情報屋を使うと、お凛の正体が多くの者に知られる危険性がある。

お凛の安否を気遣いながら、夕暮の頃に、小石川の隠れ家へ着くと、

「お帰りなさいましっ」

お光が飛ぶようにして、出て来た。

「あまり、玄関口には出ない方がいい」

「すみません」

詫《わ》びる十八娘の目と声には、甘ったるい媚《こび》がにじんでいる。

「旦那。俺は、ちょっと買物へ行ってきますから」

気をきかせて、庄太は出て行った。煮売り屋で一杯飲みながら、時間を潰すつもりだろう。

「嵐四郎様、どうぞ」

素焼きの瓶《かめ》の冷たい水で絞った手拭いを、お光は差し出す。それで顔を拭くと、「お背中は、あたしが……」と娘が言った。

胡坐をかいた嵐四郎が諸肌《もろはだ》脱ぎになると、いそいそと広い背中を拭く。拭いている内に我慢できなくなって、「嵐四郎様ァ……」と背中に火照る頬を押しつけた。

嵐四郎は苦笑して、お光の軀を引き寄せ、その唇を吸う。

舌を絡ませ合いながら、娘の秘部をまさぐると、そこは熱湯の洪水のようになっていた。もはや、前戯は不要のようであった。

そのお光の軀を軽々と持ち上げると、膝の上を跨《また》がせ、真下から貫いた。

「こんな格好で…あぁァ……んっ」

初めての態位に戸惑いながらも、お光は喜悦の声をあげて、男の首にかじりつく。汗に濡れた豊かな乳房を揺らしながら、彼女は、次第に昇りつめて行った。清純な美貌《びぼう》が、酔ったように朱に染まっている。

嵐四郎は、丸々とした臀の双丘を両手でつかんで、巧みに揺する。そして、ついに最後が近いと見るや、溢《あふ》れる愛汁に濡れた右の中指を、窄《すぼ》まった十八歳の臀の孔《あな》に挿入した。

「――っ！」

花孔と後門の双方を痙攣させて、お光は達した。その肉壺の奥深くに、嵐四郎も大量に精を注ぐ。

その瞬間に、嵐四郎の頭に閃《ひらめ》いたものがあった。

（そうか！　善助が殺された理由は、ひょっとして……）

## 6

翌日の昼――谷中《やなか》の切り通しを、比丘尼煙草のお篠《しの》という女が歩いていた。
白い尼頭巾に、胸には晒《さら》し巻き、藍《あい》色の着物を袖まくり臀端折りして、真っ白な木股を穿《は》いている。そして、白足袋に草鞋《わらじ》というスタイルだ。

各種の煙草を入れた背負い箱には、〈長寿延命木島屋煙草〉という小さな幟が立ててある。

お篠は二十歳。この時代では、すでに年増《としま》と呼ばれる年齢である。

ほっそりとした軀つきで、剥《む》き出しの白い太腿が何とも眩《まぶ》しく、男装なのに内股で歩いているところが、かえって倒錯的な色っぽさを醸し出していた。

目も鼻も口も小作りで、おとなしそうな顔に尼僧の被り物は、よく似合う。

道の両側に土の壁がそびえる切り通しを、湯島《ゆしま》の方へ抜けると、左側に雑木林が広がっていた。道には、他に人影はない。

と、どこに身を隠していたのか、薄汚れた灰色の着流し姿の浪人者が飛び出して来て、

「っ⁉」

驚きの悲鳴を上げようとしたお篠の細い首筋を、手刀で打つ。

声もなく、くたくたと倒れこもうとする女の軀を抱きとめると、長身の浪人者は、軽々と雑木林の奥へ運んだ。

丈《たけ》の高い草の蔭になって道からは見えない場所へ来ると、背負い箱を外して、気を失っているお篠の軀を草の上に寝かせる。

手拭いで覆面をしたその浪人者は、結城嵐四郎であった。背負い箱の引き出しを抜いて、中を調べる。どの引き出しも、刻んだ煙草の紙包みが入っているだけだ。

嵐四郎は、背負い箱を持ち上げて、揺すって見た。何も音はしないが、少し重いような気がする。

丹念に調べると、背板が外れるようになっていた。背中部分を上にして、背板をスライドさせると、そこが隠し物入れになっている。

真綿の寝床に、幾つもの油紙の包みと金属の変わった雁首《がんくび》が二つ、納まっていた。紙包みを開くと、黒褐色の軟膏《なんこう》が詰まった貝殻が入っていた。

（やはり、そうか……）

この黒褐色の軟膏が、阿片ペーストなのである。

江戸を震撼《しんかん》させている阿片禍《か》の犯人は、木島屋藤右衛門だったのだ。藤右衛門は、男装の美女たちに、白昼堂々と阿片を売らせていたのである。

阿片には独特のにおいがあるが、そのにおいは煙草の強い香りに隠されて、町方同心や岡っ引も、それと気づかなかったのだ。

しかも、阿片煙吸引用の雁首まで売っていたのだから、至れり尽くせりの商法である。普通の煙管《きせる》の雁首を、これと交換すれば、簡単に阿片煙が吸引できるというわけだ。

しかも、阿片患者が愛煙家ならば、中毒初期の段階では、口臭や着物についた阿片のにおいも煙草のそれで誤魔化すことができる。

（お光の父の善助は、常人以上の鋭く繊細な嗅覚によって、煙草売り女から阿片のにおいを嗅ぎつけたのだろう）

無論、堅気の善助には、それが何のにおいかはわからない。ただ、どの煙草売り女からも同じにおいがするので、疑問に思ったのだ。

そして、何かの拍子に、それを一味に悟られ、溺死に見せかけて殺されたのだ。お光を殺そうとしたのも、万が一のための口封じだろう。

（外道どもが……許さん）

嵐四郎は、阿片包みや雁首を、慎重に元へ戻した。煙草の引き出しも、元へ戻す。それから、お篠の胸元に手を入れて、巾着を奪った。喰いつめ浪人の強盗の仕業に見せかけて、背負い箱を調べたことを悟られないようにするためだ。

もしも、比丘尼煙草の絡繰《からく》りが発覚したと知ったら、木島屋一味は、すぐに逃亡してしまうだろう。

お篠は、少し唇を開いたまま、仰向《あおむ》けに横たわっている。白い木股が下腹部の亀裂に喰いこんで、熟れた花園の微妙な形を浮かび上がらせていた。

嵐四郎は、その木股を脱がせる。漆黒《しっこく》の秘毛に飾られた鮮紅色の花弁が、剥き出しになった。

上半身は着物をつけたままで、足袋を穿いたまま、最も羞かしい部分が露出されているというのは、何ともエロティックだ。

強盗をするような喰いつめ浪人なら、岡場所で妓《おんな》を買うこともできないわけで、それが、美女を前にして何もしなかったら、不自然すぎる。

お篠の下肢を開くと、嵐四郎は覆いかぶさった。右手で、秘処を愛撫する。

彼の巧みな指戯によって、意識のない女体の奥に、官能の火がともった。透明な蜜がにじみ出してくる。

お篠の上唇がまくれ上がり、白い歯の間から、かすかに甘い呻きが洩れた。

頃良しと見た嵐四郎は、着物の前を開いて、意志の力で屹立《きつりつ》させた逞しい肉柱を、ゆっくりと男装女の秘部に侵入させる。

「はあァ……」

さすがに、お篠は意識を取り戻した。嵐四郎が腰を動かすと、夢現《ゆめうつ》つの表情でそれを味わっていたお篠が、はっと我に返って、

「だ、誰っ？　何してるのっ」

怯《おび》えた顔になる。同時に、きゅっと花孔も収縮した。覆面をしている嵐四郎は、荒っぽく腰の律動を続けながら、

「騒ぐな。声を上げなければ、殺しはせぬ。わしが楽しむ間、我慢しておれ」

「や、やめて……」

「そうか。お前の軀は、そうは言っておらぬぞ。わしの魔羅がよいと、随喜《ずいき》の涙を流しているではないか」

嵐四郎は、出来るだけ下卑《げび》た口調で言う。魔羅――ＭＡＲＡは、男根の俗称である。

「堪忍して、あたしは……ひっ」

直線運動ではなく、ひねりを混ぜた攻撃によって、お篠は仰けぞった。苦痛ではなく、快楽の反応である。

余裕たっぷりに腰を使いながら、嵐四郎は、尼頭巾を毟《むし》り取り、胸の晒しを解いた。

お篠の方は、男の広い背中に両腕をまわしてかじりつき、自分から腰を突き上げる有様だ。

痩《や》せた女は好色――という俗説が、このお篠に限っては当てはまるようだ。

やがて、嵐四郎が突きまくって大量に放つと、お篠も同時に達してしまう。

「すまなかったな。巾着は貰っていくぞ」

そう言って、嵐四郎が離れようとすると、

「待って」

お篠が、しがみついて来た。

「どうせなら、もう一遍可愛がって。あんたみたいに凄い人、初めて。ねえ、出来るでしょう」

嵐四郎としては、すぐに、この場を離れたかったが、無頼の浪人が女から抱いてくれと言われて拒むのは、不自然だ。

「よしよし。お前も好色者《スキもの》だな」

立ち上がって、半勃ち状態のものを誇示する。上体を起こしたお篠は、濡れた男根を嬉しそうにしゃぶり始めた。聖液と愛汁のミックスされた液体を、丁寧に舐めとる。お篠は髷《まげ》を結《ゆ》わずに、うなじの辺りで黒髪を括《くく》っていた。嵐四郎は、彼女の後頭部に手を添えて、くいっくいっと腰を突き出す。

特大サイズの巨根で喉の奥を突かれた男装女は、マゾヒスティックな快感に蕩《とろ》けそうな表情になる。

「お願い……今度は、お臀を責めて。あたし、お臀の孔《あな》の方が感じるの」

肉柱から口を離して、その下の重い玉袋に舌を這わせながら、お篠は、くぐもった声で哀願した。

「よかろう。その木の幹にすがりつけ」

胸の中で苦笑しながら、嵐四郎は、どこまでも無頼浪人を演じる覚悟だ。

お篠は、幹に抱きついて、臀を後方に突き出した。男物の着物を着たまま、裸の臀だけを突き出しているわけだ。

嵐四郎は、その臀の双丘を広げて、谷間の奥に隠されていた背徳の門を見る。

放射状の皺《しわ》には、茶色っぽく色素が沈着していた。それ自体が原始的な生きものであるかのように、息づいている。

「入れて……焦らさないで、早くぅ……お臀を犯してっ」

「覚悟しろよ」

凶暴なほど屹立した剛根で、嵐四郎は、二十歳の後門を荒々しく抉《えぐ》った。

お篠は背中を弓なりに反《そ》らせて、全身から汗の珠を噴き出させる。後門性交に慣れているお篠も、このように巨大な男根を受け入れたことはないのだろう。

「お臀が裂けそう……だけど、止めないで…もっと乱暴に姦《や》って……あふっ」

小さめの臀を鷲《わし》づかみにして、嵐四郎は、力強く責めた。蝉時雨《せみしぐれ》の中に、男装女の被虐の悦声が流れる――。

## 7

その夜――浅草広小路の木島屋。
子《ね》の中刻、すなわち午前一時すぎだから、通りに人影はなく、家々は静まりかえっていた。

木島屋から少し離れた路地の奥、昼間の熱気が澱《よど》んでいる闇の中に、気配を断った結城嵐四郎はいた。

死番猿――すなわち、三人の町年寄による非合法処刑機関は、彼の報告を聞いて、木島屋藤右衛門の処刑を闇目付たる嵐四郎に命じたのだ。

上方から来たという藤右衛門の素性は明らかではないが、阿片密売組織の元締であることは間違いない。行方不明になっているお凛の身が案じられる嵐四郎だが、今は、江戸の街に毒をばら撒いている大悪党を、地獄へ送らねばならぬ……。

と、嵐四郎は、何者かの気配を頭上に感じた。その彼の目の前に、軒から黒い影が音もなく降り立つ。

こちらに背中を向けて片膝立ちになっているのは、濃紺の着物を臀端折りにし、黒の川並《かわなみ》と足袋を穿いた小柄な男であった。

「――お凛」

背後から声をかけると、幻小僧凛之助ことお凛は、焼けた鉄板に乗っかった猫のように、飛び上がった。

振り向きながら、右手に火箸《ひばし》を細くしたようなものを構える。刺雷と呼ばれる極細の棒手裏剣だ。

が、そこに立っているのが愛する嵐四郎だと知って、心底、驚いた表情になる。

「ら、嵐四郎様……どうして、ここへ？」

「それは、俺の方が訊きたい」

二人は小声で囁き合った。

「何日も姿を見せないから、昨日、樽抜長屋まで様子を見に行ったのだが、書き置きは見なかったのか」

「ごめんなさい、ご心配をかけて……」

嵐四郎によりそったお凛は、彼の顔を見上げ、思いつめた表情で、

「実は……俺らの御父つぁんは、三年前に川に落ちて死んだことになっていたけど、本当は殺されたのだとわかったんです」

「何だと。一体、誰に殺されたというのだ」

「稲妻半次という独り盗人……今は、木島屋藤右衛門と名を変えていますが」

「木島屋が……お前の父の仇敵《かたき》だというのか」

さすがの嵐四郎も、驚かずにはいられない。

「はい。昔馴染みの敬六という人に、打ち明けられたのですが――」

九年前、飛燕の吉こと吉蔵が町方に追われて負傷したのは、実は、稲妻半次のためだったのである。

吉蔵の鮮やかな盗みの腕前に嫉妬《しっと》した半次は、彼を執拗《しつよう》に見張って、目標の商家を嗅ぎ出した。そして、それを町奉行所へ密告したのだ。

三年前、その事を早耳屋の権太《ごんた》から聞かされた吉蔵は、仕返しをするために半次の行方を追った。それと知った半次は、自分の方から詫びを入れると申し出た。

そして、料理屋に吉蔵を招待し、眠り薬入りの酒を飲ませて川へ落とし、自分は江戸から逃げ出したのである。

権太は、今年の春に病死したが、その死の直前に、銚子《ちょうし》で養生をしていた敬六に手紙を書いて、真相を打ち明けたのだった。

半次が江戸から姿を消している以上、そのことをお凛に話しても意味がないと思っていた敬六であった。だが、名前を変え身分を変えて江戸へ舞い戻っていた半次を目撃して、ようやく、お凛に真相を伝える決心がついたのである。

お凛は、それから五日間、ずっと、長屋へも戻らずに、木島屋藤右衛門こと半次を見張っていた。そして、警戒の手薄な今夜、店へ忍びこむことを決意したのである……。

「そうか、お前の父も、善助と同じ手口で殺されていたのか」

「嵐四郎様、善助って？」

今度は、嵐四郎が、阿片密売事件の一部始終を話してやる番だった。それを聞いた

お凛は、眉を引き締めて、

「骨の髄まで腐った悪党だね、半次は。やっぱり、息の根を止めてやらなきゃ」

「……お凛」嵐四郎は静かに言った。

「半次の始末は、俺がつける。お前は手を出すな」

「どういうことさっ、俺らは御父つぁんの仇敵を…」

「前にも言ったはずだ。人を殺した者は、普通の人間ではなくなってしまう。半次がそうだし、この俺もそうだ。心に地獄をかかえたまま、死ぬまで本当に安楽な日々はない。たとえ、親の仇敵討ちであってもな」

「………」

お凛は肩を落とした。

「稀《まれ》に、人を斬っても心正しいままで生きられる者もいるが、俺もお前も、そうではない凡人だ。だから、もう一度言う。お前は人殺しをするな。血まみれの人生を送るのは、俺一人で十分だ」

「………」

「わかってくれるな、お凛」

悄然《しょうぜん》となったお凛は、消え入るような小さな声で、

「はい……」

「よし」

嵐四郎は、男装娘の顔を上向かせると、唇を重ねる。お凛は夢中で抱きついて、舌を差し入れて来た。

ひとしきり、舌を絡ませ合い、互いの唾液を吸ってから、ゆっくりと唇を離す。

「行ってくる。ここで、待っておれよ」

「はい、嵐四郎様。お気をつけて」

上気した顔で、お凛は、そう言った。

路地から出た嵐四郎は、夜の闇の中を木島屋へ近づき、その裏手にまわった。塀を身軽に乗り越えると、広い庭へ降り立つ。

築山を迂回《うかい》して、母屋に近づいた時、いきなり、縁側の雨戸が開かれた。

「むっ」

嵐四郎は、大刀の柄に手をかける。

三十代後半の、背は低いが、肩幅の広いがっしりとした軀つきの男の両側に、四人の浪人者がいる。真ん中が、にやりと嗤って、

「待っていたよ、強盗浪人さん」

「……木島屋藤右衛門こと、稲妻半次だな」

「ほほう。そこまで知っているとは、困ったお人だ」

半次は余裕のある態度を崩さずに、

「強盗に遭って手籠にされたという売り子のお篠の話が、どうも腑《ふ》に落ちなくてな。ちょいと痛めつけたら、自分から臀を差し出したというじゃないか。しかも、太った髭面《ひげづら》の浪人と言っていたのが、本当は、背の高い痩身の浪人だと言う。そうなると、六日前の夜に火男政《ひょっとこまさ》が殺《や》りそこなった相手と、そっくりじゃないか」

「……………」

「そういうわけで、用心棒の先生方に帰っていただいた振りをして、お前さんがのこのこやって来るのを、待っていたというわけさ」

「信濃屋の善助を殺した理由は？」

「野郎が売り子の後を尾行してるのを、佐々木《ささき》先生が見つけてな。捕らえて、阿片のにおいを嗅ぎつけたと聞いた時には、驚いたぜ。それで、眠り薬入りの酒を無理矢理飲ませて、川へ沈めたのさ」

「飛燕の吉と同じように、だな」

「何でも知っていなさる。これは、すぐに殺すわけにはいかなくなった」

半次は、左右の四人に視線を飛ばして、

「先生方。とりあえず、死なない程度に斬っておくんなさい。正体を吐かせなきゃならない。あんまり深手だと、拷問《ごうもん》できないからね」

「よかろう」

四人は、庭へ降りた。四対一だから、敗けるはずがないと高《たか》を括《くく》っているのだ。嵐四郎の前後左右を取り囲む。

「殺し合いを始める前に訊いておく。お篠は、どうした」

「くたばったよ。少しばかり、鞭《むち》で責めすぎてね」

「そうか……」

どうせ、明日には、他の売り子ともども町奉行所に捕縛されて死罪になる女ではあったが、酷《ひど》い拷問で殺されてもよいという事にはならない。

その責任の一端が自分にあると思うと、嵐四郎の傷だらけの魂が、またも疼《うず》く。

「お前を地獄送りにする理由が、もう一つ増えたようだな」

そう呟《つぶや》いた瞬間、嵐四郎は抜き打ちに右の浪人を斬り、返す刀で前の奴の股間《こかん》を斬り上げる。残った二人が大刀を抜き終える前に、嵐四郎は、その首を飛ばしていた。

「ひっ……」

血刀《ちがたな》を下げて近づく嵐四郎を見て、半次は、あわてて懐の匕首《あいくち》を抜こうとした。が、それより先に、嵐四郎の大刀が一閃《いっせん》する。

半次は、ぽかんと口を開いて、信じられないという表情になった。

次の瞬間、その上半身が揺れて、庭へ落ちた。だが、下半身は、まだ縁側に立っている。嵐四郎の剣は、悪党の胴体を横薙《な》ぎに切断したのであった。

残った下半身も、仰向けに座敷の方へ倒れる。双方の切断面から、血と臓腑と未消化物が周囲にぶち撒けられて、悪臭を放つ。

「……」

吐息を洩らすと、嵐四郎は、血脂《ちあぶら》に濡れた刀に懐紙で拭いをかけた。

その瞬間、何かが闇を切り裂く音がして、母屋の軒先から悲鳴が上がる。

ややあって、どさりと黒装束の小男が落ちて来た。一緒に、吹き矢筒も落ちて来る。

こいつが、火男政だろう。その首筋を、刺雷が貫いていた。

「お凛っ」

嵐四郎が刺雷の飛んできた方を見ると、闇の中から、お凛が駆け寄ってくる。嵐四郎に抱きつく手前で急に止まって、おずおずと、

「ご、ごめんなさい。だけど、俺ら、嵐四郎様が危なかったものだから、つい……お願いだから、嫌いにならないで」

「お凛――」

嵐四郎の声は、やさしかった。

「俺を救うために、人を殺したのだな」

「はい」

納刀した嵐四郎は、男装娘を抱き寄せて、

「そうか。では……二人揃《そろ》って、地獄へ堕ちよう」

「ら…嵐四郎様ァっ」

お凛は童女のように泣きだした。

（俺とこの娘は、比翼の鷹《たか》、連理の牙《きば》となる運命だったのかも知れぬ……）

血のにおいに包まれて、二人はいつまでも、堅く抱き合っていた。

# 事件ノ四　辻斬り狩り

# 1

女は気を失っていた。拳で急所を突かれて、当て落とされたのである。

二十代の初めだろう。丸髷《まるまげ》の一部が崩れて垂れ下がり、彼女を左肩に担いだ三郎太《さぶろうた》の歩みに連れて、ゆらゆらと揺れている。

どこかの宿場の住民らしく、身なりは貧しげで肌も浅黒いが、顔立ちは整っていた。

三郎太は背丈こそ並だが、肩幅が異様に広くて、金剛力士像のように逞《たくま》しい軀《からだ》つきをしていた。大人の女を担いで山道を歩いても、足取りに乱れはない。

背中には、斜めに短い槍を背負っている。全長が六尺、穂の長さが一尺ほどの熊槍である。

熊猟師は、この槍を手にして獲物の懐《ふところ》に飛びこみ、心の臓を貫いて息の根を止めるという。

「ひでえもんだ。峠の下で二刻《とき》も待ち伏せしていたってのに、通りかかったのは無一文の女だけとはな……隣の宿場まで医者でも呼びに行こうとしたのか、それとも男と逢《あ》いびきにゆく不義者《ふぎもの》か、どっちにしても雑魚《ざこ》にかわりはねえ」

三郎太の後ろで、ぶつぶつと文句を言っているのは、源十《げんじゅう》という髭面《ひげづら》の男だ。帯の両側には幅広の革鞘《かわざや》を垂らし、そこに分厚い刃の鉈《なた》を落としている。

二人とも、三十前というところだろう。月代《さかやき》は伸ばし放題である。彼らは、甲州街道の笹子《ささご》峠周辺を荒らしまわっている山賊だった。

旅人や近辺の住民を襲っては、叩き殺して金品を奪うという凶暴な犯罪者である。今夜のように獲物が女だった場合は、無論、犯す。散々に犯し嬲《なぶ》り抜いて獣欲を充してから、情け容赦なく殺すのだ。

代官所でも何とか二人を捕らえようと躍起になっているが、大菩薩嶺《だいぼさつれい》や御坂《みさか》山地を自分の庭同様に駆けめぐる奴《やつ》らなので、通常の山狩り程度ではどうにもならない。

平地ではまだ残暑の厳しい季節だが、さすがに海抜千メートルをこえる山地だけあって、夜ともなると、うすら寒いほどだ。

木々の間から漏れる星明かりだけを頼りに、野生動物のような視力を持つ二人は、何の苦労もなく森の奥へと進む。

「まあ、そう言うな」と三郎太。

「こいつが八十の婆《ばば》ァでなかっただけ、ましってもんじゃねえか」

「ふん、そうだな」

二人がたどり着いたのは、板屋根の薪小屋《たきぎごや》であった。

近在の住民が山の中に薪拾いや山菜を取りに来た時に、休息したり泊まったりするための小屋である。三郎太と源十は近頃、この小屋を根城にしているのだった。

中に入ると、鉤《かぎ》の手になった土間があり、その隅に大きな水瓶《みずがめ》が置かれていた。板の間には囲炉裏が切られて、梁《はり》から自在鉤《かぎ》が吊《つ》されている。

柱に取り付けた燭台《しょくだい》の蠟燭《ろうそく》に灯をともした源十は、灰の中に埋めておいた熾火《おきび》を掘り出して、火をおこす。瓶の水を鍋に入れて、自在鉤に掛けた。

その間に、三郎太の方は、板の間に横たえた女を裸に剥《む》いていた。乳房は豊かだ。肉づきの良い肢体である。

陽に焼けた顔や手足と着物に隠された部分の肌の白さが、対照的であった。女の部分の茂みは豊穣《ほうじょう》である。

「……う」

肌寒さのためか、女が意識を取り戻した。

ぼんやりとした表情で、蠟燭の明かりに照らし出された三郎太の顔を見る。次の瞬間、両眼が恐怖に張り裂けそうに開かれて、喉《のど》の奥から悲鳴が迸《ほとばし》った。

三郎太は物も言わずに、女の頰《ほお》に右の平手打ちをくらわせる。首が横向きになった女の右頰が板の間にめりこみそうになるほど、強い一撃であった。悲鳴が途絶えた。

さらに、もう一発、手の甲で打つ。女の首が、逆向きになった。

半ば脳震盪《のうしんとう》を起こしたのであろう、女の顔の筋肉が弛緩《しかん》してしまった。口の中が裂けたらしく、唇の端から血の混じった唾液が流れ落ちる。

「おい、手加減しろよ。楽しんだ後ならいいが、お前が本気で叩いたら、女の首が折れちまう」

味噌粥《みそがゆ》の支度をしながら、源十が言った。

「ふん」

鼻で笑った三郎太は、汚れた裁《た》っ着《つ》け袴《ばかま》の紐《ひも》を解きながら、

「くたばった直後ってのも、なかなか乙な味がするもんだぜ」

恐ろしく罰当たりなことを言う。袴を脱ぐと、下帯も取り去った。

三郎太の股間《こかん》の凶器は、すでに猛っている。女に覆いかぶさると、その肉塊を茂みに飾られた亀裂《きれつ》にあてがった。

そして、彼が前戯も何もなく強引に貫こうとした時、鍋を掻《か》き回しながら何気なく梁を見上げた源十が、

「三郎太っ！」

叫びながら、囲炉裏の灰に刺してあった火箸《ひばし》を素早く引き抜く。天井板のない剥き出しの屋根裏に向かって、それを手裏剣に打った。

組んだ梁の上に蹲《うずくま》っていた影法師は、弾かれたように飛んで、危うくその火箸をかわした。巨大な蝙蝠《こうもり》のような羽根を広げて、ふわりと土間に飛び降りる。

一文字笠《いちもんじがさ》をかぷった、若い痩身《そうしん》の男であった。

棒縞《ぼうじま》の着物の裾を臀端折《しりはしょ》りにし、黒い川並《かわなみ》を穿《は》いて、長脇差を帯にぶちこんでいる。

蝙蝠の羽根と見えたのは、珍しいことに黒繻子《しゅす》の道中合羽だ。

細面《ほそおもて》の、女形《おんながた》のように美しい男である。月代も綺麗に剃《そ》っていた。

「何者だっ!」

女の上から飛び起きた三郎太が、熊槍を手にし、肉塊をそびえ立たせたままで吠《ほ》える。

一文字笠の男は、にやりと嗤《わら》って、

「ふふふ……お前さんたちの首を貰《もら》いに来た男さ」

「てめえ、賞金稼ぎかっ⁉」

源十の眦《まなじり》が吊り上がった。

## 2

町奉行所と火付け盗賊改めという二重の警察組織が活動していた江戸府内と違って、天領や旗本の知行所、大名領、寺社領が複雑に入り組んだ関八州《かんはっしゅう》——武蔵《むさし》・相模《さがみ》・上野《こうづけ》・下野《しもつけ》・常陸《ひたち》・上総《かずさ》・下総《しもうさ》・安房《あわ》の八カ国は、無宿人や犯罪常習者が跋扈《ばっこ》する悪事の温床となっていた。これに隣接する甲州や信州なども、似たような状態であった。何しろ、支配地の境を一歩越えただけでも、逮捕権が違ってくるのだから、犯罪者にとって、これほど楽な環境はない。

このような状況に対応するために、徳川幕府は文化二年、勘定奉行・石川左近将《いしかわさこんしょう》監《げん》忠房《ただふさ》の発案により、関東取締出役《しゅつやく》――俗に八州廻《まわ》りと呼ばれる役職を設けて、関八州の犯罪者摘発を行なわせていた。いわば、巡回警察官である。

しかし、各代官所からの出向した役人からなる八州廻りも、たった八人しかおらず、しかも実際に巡回に出られる人数はその半分であったから、あまりにも手不足であった。

そこで――八州廻りが生まれる以前から、関八州とその周辺地域の代官所では、人相のわかっている犯罪者の似顔絵をつけた手配書を配り、その犯罪者の捕縛《ほばく》に「格別の功労があった者」に報奨金を与えるという制度をとっていた。

ここでいう「格別の功労」とは、表向きには犯罪者の隠れ場所の通報などのことだが、その真の意味は、役人以外の者による実力行使のことであった。

つまり、賞金稼ぎである。

浪人、渡世人、無宿人などの腕に覚えのある者たちが、報奨金をかけられた犯罪者――賞金首を捜し出して、生きたまま捕らえるか、殺害して死骸を代官所に引き渡すのだ。

賞金首になるような奴は捕まれば死罪間違いなしだから、当然、死にもの狂いで抵抗するから、後者の場合の方が多い。死骸を運ぶのが困難な場合は、埋葬して切り取った髷《まげ》を持参すると、賞金が貰えるという仕組みだ……。

三郎太と源十にも、十両ずつ賞金がかかっている。小屋の屋根裏に潜んでいた一文字笠の優男《やさおとこ》は、この十両首二つを狙《ねら》った賞金稼ぎなのであった。

「お前さんたちとは初見参《ういけんざん》、名乗らして貰いましょう。木曽福島《きそふくしま》は大神《おおがみ》村の生まれ、今日次《きょうじ》と申しやす。大神の今日次と覚えておいてくだせえ」

土間に片膝《かたひざ》をつけるような低い姿勢のまま、一文字笠を脱いだ男は言い放った。右手は、まだ長脇差の柄《つか》にはかかっていない。

「大神の今日次……」

三郎太と源十は、はっと顔色をかえて、

「てめえが、木曽《きそ》 狼《おおかみ》 とかいわれてぃる今日次かっ」

「へい。そんな異名もついているようで」

今日次は、紅をさした薄い唇に小馬鹿にしたような微笑を浮かべる。

「この今日次に見参なすったからには、どちらさんも迷わず成仏しておくんなさい」

「くたばれっ!」

熊槍を構えた三郎太が、土間へ駆け下りた。城の石垣をも貫く勢いで、今日次の喉《のど》頸《くび》に向かって槍を突き出す。

その電光の突きを右斜め前へ転がってかわした今日次の長脇差が、いつの間にか抜かれていた。

右手で抜いたのではない。左の逆手《さかて》で抜いたのだ。

「う………」

三郎太の口から、ごぼごぼと血の塊《かたまり》が溢《あふ》れ出た。そして、朽《く》ち木のように横倒しになる。

その左脇腹が、ぱっくりと口を開いて、そこから血と臓腑《ぞうふ》が大量に土間に流れ出た。三郎太と交差した瞬間、今日次が左の抜き打ちで断ち割ったのである。

「この野郎っ」

両手に肉厚の鉈を構えた源十が、右の鉈を今日次の顔面めがけて振り下ろした。それを長脇差で受け止めたら、左の鉈で仕留めるというのが、源十の戦法だ。

大小二刀を両手で自在に操るのは非常に難しいが、鉈であれば、さして苦労はいらない。しかも、刀と違って、折れることはほとんどないのである。

弱点といえば刀や長脇差に比べてリーチが短いことだが、その点は、接近戦に持ちこむことで解決できる。

以前に三郎太と、二人連れの武士を襲った時、相手が大刀で打ちこんできたのを左の鉈で受け止め、右の鉈で刀身を叩き折ってやったことがある。そいつは、脇差に手を伸ばす前に、源十の鉈で喉を割られて、ぶっ倒れた。

もう一人も、刀を抜く間もなく三郎太の熊槍で胸の真ん中を貫かれて絶命したのだ……。

が——木曾狼こと今日次の動きは、源十の予想を遥かに上まわっていた。

相手の顔面に叩きつけたはずの鉈が、消えていた。いや、鉈だけではない。鉈を握っていた右手そのものが、いつの間にか消えていたのだ。

今日次が、目にも止まらぬ迅《はや》さで源十の右手首を切断したのである。

斬られた右手は、鉈を握ったまま長々と血の尾を曳《ひ》いて飛び、入口の戸にぶつかって、土間に落ちる。

しかし、源十は、自分の右手の行方など見てはいない。右腕の切断面から血を噴きつつ、軀のバランスを崩しながらも、恐るべき執念で上体をひねり、

「おおおおぉっ」

野獣のような吠え声をあげて、左の鉈を今日次の首筋に水平に叩きこむ。

今日次の方には、長脇差の刃を返して斬《き》る余裕はない。真っ赤に血走った源十の眼に、勝利の喜びが走る。

だが——彼の左手から鉈が飛んだ。

斬るのは間に合わぬと知った今日次が、下から長脇差の柄頭《つかがしら》で相手の左手を突き上げたのだ。逆手なればこその芸当である。

唖然《あぜん》とした源十の左胸に、長脇差の切っ先が突き立てられた。

「て、てめえ……」

「地獄で逢おうぜ」

ぐいっと長脇差をひねると、源十の両眼から光が失せた。四肢から力が抜けて、ずるずると板の間に崩れ落ちる。

今日次は、血飛沫《ちしぶき》を浴びないように気をつけながら、長脇差を引き抜いた。そして、源十の裁っ着け袴の裾で血脂《ちあぶら》を丁寧に拭い取って、派手な朱鞘に納める。

「やれやれ……たかが十両首のくせに、手間をかけさせやがる」

今日次が溜息《ためいき》を漏らすと、それまで凍りついたように動かなかった全裸の女が、火がついたように大声で泣き出した。

小屋の中には、血と臓腑と未消化物の胸の悪くなるようなにおいが漂っている。

「その味噌粥は俺がいただくことにして……さて、こいつらの懐具合は、どんなもんかな」

女にはかまわず、息絶えている三郎太と源十の懐を、今日次は調べた。

二人の懐から革の巾着《きんちゃく》を見つけて、囲炉裏の前に胡座《あぐら》をかく。帯から抜いた長脇差は、右側に置いた。

賞金稼ぎは、倒した相手の所持金をいただくことを黙認されているのだ。死んだ犯罪者が幾ら金を持っていたかなど誰も証明のしようがないから、盗み放題だ。

二つの巾着の中身を板の間にぶちまけて、今日次は難しい顔つきで数え出す。

「ふむふむ。えーと、小判が一枚しかないのは仕方ねえとして……二分《ぶ》金が三枚、二朱《しゅ》金が一枚か。それと一分銀が二枚、一文銭が、ひい、ふう……」

相手にされない女が、ひぃーっ……と甲高い泣き声を上げた。

「おい、静かにしろよ」今日次は眉《まゆ》をひそめて、

「俺《おれ》ァ、村の寺子屋《てらこや》に通ってる時分から、どういうわけか、算術は苦手でな。それがお前、こんなに混ぜこぜの金を数えなきゃいけねぇんだから、大変なんだよ。あとで宿場まで送ってやるからさ、ちゃんと身支度して、おとなしく待ってな」

薄情そのものの今日次の言葉を聞いて、女は、さらに泣きじゃくる。

「わからねえ女だなあ」

今日次は女の腕をつかんで、軽々と引き寄せた。

「仕方がねえ。今、俺様がぶちこんでやるから、泣くのはやめな」

「あ…そ、そんな……」

意外な展開に、女は泣くのも忘れて慌てた。

「遠慮すんな。金は取らねえ、無料奉仕ってやつだ。だが、二回目からは、きちんと金を貰うぜ」

とんでもない事を言いながら、いつの間にか、今日次は川並の前から突き出したものを女の花園にあてがっていた。

巨《おお》きい。先端が丸々と膨らんでいる。その先端で亀裂を撫《な》でるようにしていると、女の当惑とは裏腹に透明な泉が湧きだした。

貫く。女が仰《の》けぞった。

太く長く硬い淫水焼けした剛根が、その根本まで深々と、女の肉体の最深部に埋めこまれた。

今日次は、ゆっくりと腰を使う。突きまくるのではなく、緩急自在に責めるのだ。

「あぅ……んん………」

あまりの体積と硬度に苦痛を訴えていた女の声が、次第に甘みを帯びてきた。無意識のうちに、両腕が今日次の首を抱えこみ、下肢が男の腰に絡みつく。

「こいつらの後始末が済んだら、いよいよ江戸だな。大金が俺様を待ってるからな」

とぼけた口調で呟《つぶや》いた今日次は、腰の律動を早めた。

凄惨《せいさん》な屍臭《ししゅう》の漂う小屋の中に、女の喜悦の喘《あえ》ぎが流れる——。

# 3

墨で塗りつぶしたような漆黒《しっこく》の闇《やみ》の中に、四つの首だけが浮かび上がっていた。

高脚燭台に風避《かぜよ》けの紙が巻いてあり、人間の顔面だけに明かりが当たるようになっている。そのため、首が宙に浮いているように見えるのだ。

その内の一人は、天竺《てんじく》からの渡来人の血でも混じっているのではないかと思われるほど彫りが深く整った容貌《ようぼう》の浪人者——結城嵐四郎である。

残りの三人は、猿の面をかぶっていた。第一の面は瞳の部分が、第二の面は耳の孔《あな》が、そして第三の面は口の部分が大きく刳《く》り貫《ぬ》かれている。

これは、世にいう〈見猿・言わ猿・聞か猿〉の逆で、「悪事を見据え、不正を語って、弱者の悲鳴を聞く」という三人の決意の表れなのだ。

日本一の大都会であり、事実上の首都である江戸には、様々な欲望と邪念と奸計《かんけい》が渦を巻いている。そして、決して表沙汰《おもてざた》にされぬ悪事がある。

その悪事を「許さざる」者、名付けて〈死番猿〉を結成したのは、江戸で最も古い有力町人——町年寄の樽屋藤左衛門、奈良屋市右衛門、そして喜多村彦右衛門なのである。

訴訟を取り扱う町年寄たる彼らは、町奉行所に提出された庶民の訴えが理不尽に握り潰《つぶ》されるのを、幾度も見てきた。権力によって隠蔽《いんぺい》された犯罪は、権力ならざる者の捨て身の刃によってしか裁けない。

死番猿は、その役目を地獄を見た一人の浪人者に託した。

圧倒的な強者が無名の弱者を蹂躙《じゅうりん》する非理無法の闇を、一条の光明で貫かんとする者──それが闇目付・結城嵐四郎である。

「──今日の用件は、俺にも見当がつく」

嵐四郎は静かに言う。

「例の辻斬りのことだろう」

「まさしく」

第一の猿──樽屋藤左衛門が頷《うなず》いた。

「昨日までで、犠牲者は、すでに十三人。とても放ってはおけませぬ」

辻斬りとは、武士が何の罪もない通行人を斬り殺すことをいう。

その動機は、大別して二つある。一つは、入手した刀の斬れ味を確かめたり、己《おの》れの剣の腕前を試すため──つまり、趣味的な動機だ。もう一つは、斬り殺した相手の金品を奪う──経済的な動機である。

どちらの動機にしても、江戸で辻斬りが起こる確率は、他の大都市に比べれば格段に高い。

将軍の直接の部下である旗本八万騎と御家人、そして三百諸侯の江戸詰の家臣たち——それらを合計すると江戸の総人口の半分近く、五十万人にもなる。

さらに、徳川幕府開闢《かいびゃく》以来の過酷な大名取り潰し政策のために主家を失った失業武士——つまり浪人の数は数万とも十数万ともいわれ、その何割かは再仕官を求めて江戸へ集まっていた。

これだけ刀を持った人間が大勢集まっているのだから、辻斬りを思い立つ人間の数もまた、多くて当然なのである。

「それにしても、わずか四十日ほどの間に十三人とは……下手人は血に狂っているとしか思えませんな」

第二の猿——奈良屋市右衛門が言う。

最初の犠牲者は、日本橋の薬種問屋の二十三歳の下女であった。池袋《いけぶくろ》村に住む母親が急病になり、主人に里帰りを許されたのだが、思いの外、母親の回復が早かったので、夜になってから店へ戻ろうとしたのである。

そして、神田《かんだ》川沿いの柳原土手《やなぎわらどて》で何者かに斬殺されてしまった。わずかばかりの所持金は奪われていなかったから、刀の試し斬りか腕試しの可能性が高い。

店の主人夫婦は、「ゆっくり一晩泊まって翌朝戻れば、死なずにすんだものを……」と嘆いたという。

二人目の犠牲者は、その翌日、吉原遊郭《よしわら》の大門《おおもん》の近くで辻占煎餅《つじうらせんべい》売りをしていた九歳の少女である。

子《ね》の中刻――真夜中の午前零時に大門が閉じてから、中之郷《なかのごう》の裏屋長屋へ帰る途中、その少女は吾妻橋《あづまばし》の近くで斬られた。細首を切断され、小さな頭部は草の中に転がっていたという。

そのまた四日後に、第三の犠牲者が出た。芝口橋近くに屋台を出していた蕎麦屋《そばや》の老爺《ろうや》である。顔面を縦に割られ、血飛沫と脳漿《のうしょう》が屋台を斑《まだら》に染めて、凄《すさ》まじい死に様だったそうだ。

こうして、二日から四日ほどの間を置いて、江戸のあちこちで老若男女が十三人も斬り殺されたのである。その太刀筋からして、同一の刀を使った連続殺人に間違いないという。

「つい一昨日も、泥酔した士こね人足が水戸《みと》様のお屋敷の近くで斬られましたな。殺されたのは他に、駕籠《かご》かき、夜鷹《よたか》、大工、女芸者、呉服問屋の手代、油問屋の娘、無職のごろつき、居酒屋の小女《こおんな》……年齢も稼業も色々で、いずれも金も小間物も盗られていない。やはり、ただ殺すことだけが目的なのでしょう。酷《むご》いことです」

第三の猿――喜多村彦右衛門も言う。

「北も南も町奉行所は必死の捜索はしているのだが、下手人はどのように逃げるものか、まるで網にかからない。とうとう、懸賞金まで出る始末で」

「佐久間町《さくまちよう》の油問屋の美濃屋《みのや》だな」

嵐四郎は、かすかに不快そうな表情になる。

「はい。一人娘を殺された恨みは金で晴らすと、下手人の正体を知らせてくれた者には百両——派手なことをしてくれたものです」

「懸賞金目当ての剣客、浪人、度胸自慢の鳶《とび》の者からごろつきまで、夜中にあちこちを徘徊《はいかい》するものだから、逆に、町奉行所の捜索が混乱していると聞いた」

「困ったことに、噂を聞きつけた関八州の賞金稼ぎまでが、江戸に流れこんでいるそうで……かえって、御府内が物騒になってしまいます」

「娘の無念を晴らしたいと思う親心はわからぬでもないが、金と欲で人の横っ面を引っぱたくような真似は、感心せんな」

嵐四郎は、ふと苦笑して、

「いや……報酬を貰って人を斬っている俺が、こんな偉そうなことを言えた義理ではないが」

藤左衛門が首を横に振って、

「いえいえ、何をおっしゃいます。結城様の振るうのは破邪《はじや》の剣、一殺多生の活人剣でございますよ」

「で、あればよいが……」

「わたくしたちは、そのように信じております」

彦右衛門が言う。他の二人も、頷いた。

仮に活人剣であろうとも、人を斬った者の末路は地獄と決まっている――と嵐四郎は胸の奥で呟く。

「では、結城様」と市右衛門。

「辻斬り退治、お願いできますかな」

「雲を摑《つか》むような仕事だが……引き受けよう」嵐四郎は、きっぱりと言った。

「何の苦労も知らずに育ったような大店《おおだな》の一人娘のためではなく、満足に墓も作ってもらえぬ煎餅売りの娘や蕎麦屋の老爺のために――」

4

精一杯に開かれた小さな口に、黒々とした逞しい男根が出没している。

天狗面《てんぐめん》の鼻のように反《そ》りかえり、長さも太さも、普通の男の倍以上あった。まさに、巨根である。

大木に絡みつく蔦《つた》のように、幹部に太い血管が這いまわっていた。しかも、玉冠部の縁が開いて、その下の括《くび》れとの段差が著しい。いわゆる、雁高《かりだか》だ。

「美味《おい》しい……美味しいよ、嵐四郎様ァ」

甘えた鼻声で囁《ささや》くのは、幻小僧凛之助こと、十八娘のお凛であった。

お凛は、柳の木の陰に仁王立ちになった結城嵐四郎の前に蹲り、着流しの前を開いて純白の下帯の脇から摑みだした肉の巨砲を、懸命にしゃぶっているのだった。

いつもは紅もささぬ男装娘のお凛が、女髷《ゆ》を結い、濃い化粧をしている。足下には丸めた筵《むしろ》まで置いてあった。

「夜鷹の口淫にしては、ちと熱心すぎる」

嵐四郎が苦笑気味に言った。

夜鷹とは、路上で通りがかりの男の袖をひく娼婦のことである。

江戸には、世界的にも珍しい幕府公認の売春組織——吉原遊郭がある。これに対して、浅草《あさくさ》、下谷《したや》、本郷《ほんごう》などにある非合法の売春宿を岡場所《おかばしょ》と呼んだ。

そして、提重《さげじゅう》、綿摘《わたつみ》、色比丘尼《いろびくに》、船饅頭《ふなまんじゅう》……などの店を構えぬ個人営業の娼婦も数多く存在した。その中でも最も安価だったのが、筵一枚で商売をする夜鷹である。

夜鷹は客と交渉が成立したら、草叢《くさむら》の陰などに筵を敷いて、するべきことをするというわけだ。京では〈辻君《つじぎみ》〉、大坂では〈惣嫁《そうか》〉と呼ばれている。

大体は、岡場所をお役御免になった四十、五十の女が厚化粧で皺《しわ》を隠して商売していたが、中には十代の娘もいた。弘化《こうか》年間に出された〈辻君番付《ばんづけ》〉には、「はる十六……ふく十七……」という記述がある。

相場は一回が二十四文で、そば一杯くらいの値段だから、数をこなさないとやっていけない。だが、中には情の深い夜鷹もいて、馴染《なじ》みになる客もあったという。

目を潤《うる》ませたお凜は、くぐもった声で、

「だってぇ、嵐四郎様のこれが美味しくて愛《いと》しくて、たまらないのだもの……」

そこは、深川《ふかがわ》の浄心寺《じょうしんじ》の近くだ。時刻は、亥《い》の中刻——午後十時を過ぎている。

死番猿の依頼を受けた五日後であった。

嵐四郎は、お凜に夜鷹に化けて囮《おとり》となるように命じたのだった。無論、命がけの役目である。

だが、お凜は何の躊躇《ちゅうちょ》もなく、その命令に従った。結城嵐四郎に身も心も捧げているこの娘は、彼のためならばどんな危険も厭《いと》わないし、喜んで死ぬ覚悟があるのだった。

嵐四郎もまた、お凜を囮にすることに迷いはなかった。これほど危険な役目は、この世で唯一心を許し信頼している女にしか任せられない。

お凜に万が一のことがあれば、悲願である妹の仇討《あだう》ちを成就した後に、すぐにもお凛のあとを追うつもりの嵐四郎なのである。

「なんで深川なんですか、旦那」

今日の昼過ぎ――嵐四郎の一の乾分《こぶん》を自称している庄太は、神田須田町の家で囮の話を聞かされた時に、そう問いかけた。

「南北の町奉行所の役人たちが眼の色を変えて探している正体不明の相手を、どうやって見つけるか、どこに網を張るか――俺は考えに考えた」

「へい……」

「お前に掻き集めて貰った辻斬りの詳細を書いた瓦版《かわらばん》を何度も読み返している内に、十三件ともが大川《おおかわ》のこちら側で起こっていて、大川の向こう――すなわち、本所深川では起こっていないことに気づいたのだ」

暑気払いの冷や酒を、庄太の茶碗に注いでやりながら、嵐四郎は説明した。

「たしかに、その通りで」

「柳原土堤から芝口橋、小石川《こいしかわ》まで縦横無尽に活動している辻斬りが、なぜ、両国橋を渡らぬのか……俺は、辻斬りの住処《すみか》が大川の向こうにあるためだと思う」

「なるほどっ」

庄太は自分の額を、ぴしゃりと叩いた。

「それに違いいねえ。自分のお膝元では騒ぎを起こしたくないってわけですね。さすがに、旦那の読みは深いやっ」

勢いこんだ庄太は、ふと首をひねって、

「だったら、深川に網を張っても無駄なんじゃあ……」

「庄太。今までの辻斬りの間隔は、短くて翌日、長くて四日だった。ところが、水戸屋敷近くの件から、もう六日も過ぎているのに、音沙汰なしだ。これは、さすがに町方や懸賞金目当ての奴らの目が多すぎるし、夜中に一人歩きする者が減ったので、辻斬りも獲物を見つけられぬのだと思う」

「普段は居眠りばかりしている自身番や辻番の連中も、今度ばかりは渋茶を飲んで目を皿のようにしてますからね」

「だから、辻斬りは相当に焦《じ》れているはずだ。本所深川は警戒が緩いから、一人歩きしている者を見つけるのも容易《たやす》かろう。自分の住処の近くで事件を起こす危険は承知で、あえて、下手人は行動を起こすと思う。それも、今夜あたりにな」

「しかし、本所深川といっても広うござんすよ」

「うむ」

ぐいっ、と茶碗の冷や酒を飲み干した嵐四郎は、

「深川の木場近くと決めたのは、夜鷹の本場だからさ。お凛に囮になってもらうとしても、夜中に女が一人で歩いていて怪しまれない格好といったら、夜鷹しかあるまい」

「ははあ、なるほどね」

「それに、十三人の犠牲者の中にも夜鷹がいる。夜鷹なら斬りやすい……下手人はそう思っているはずだ。その裏をかく」

今——庄太は酔っぱらいを装って一町ほど先をうろついているはずであった。怪しい奴を見かけたら、韋駄天《いだてん》走りに逃げ出して呼子笛《よぶこぶえ》を吹く手筈《てはず》になっている。

「お凛。そろそろ終わりにするぞ、よいか」

巨砲の半ばまで呑《の》んでいるお凛は、目で頷く。その小さな顎《あご》に手をかけて、嵐四郎は力強く腰を使った。

そして、白濁した熱い溶岩流を大量に放射する。お凛は喉を鳴らして、その液塊を飲み下した。

肉根の内部に残っている分も丁寧に吸い取り、お凛は舌と唇で浄《きよ》めてから、まだ半勃ち状態のものを名残惜しそうに下帯の中に納める。

「うむ」

筵を抱えて立ち上がったお凛を見て、嵐四郎は頷いた。

「なァに？」

「満足した気怠《けだる》げな風情で、ずいぶんと夜鷹らしくなった」

「まあ……厭《いや》な嵐四郎様」

耳まで真っ赤になったお凜は、手拭いを吹き流しにかぶり、木場の方へ歩き出す。十分に距離をとって、嵐四郎も歩き出した。軒下《のきした》の暗がりを選んで、なるべく目立たないようにする。

半刻ほど二人は歩きまわったが、辻斬りの影は見えなかった。庄太の呼子も聞こえない。

逆に、通りがかりの男にお凜が声をかけられたのが、三度。こういう場合の対策も、完璧であった。

お凜が胸元を広げて、にんまり笑い、「病気持ちだから半値にしとくよ」と言うと、相手の男はどいつも慌てて逃げ出した。

彼女の胸元には、紅と墨で瘡毒《そうどく》の発疹を描きこんであったのである。なまじ美人なだけに、相手の驚愕《きょうがく》も大きかったろう。

さらに、お凜は懐の奥に刺雷《しらい》という武器を隠している。火箸を細くしたような形の棒手裏剣で、嵐四郎に手ほどきを受け、かなりの腕前になっている。

辻斬りに遭遇して、万が一にも嵐四郎が間に合わぬようなら、この刺雷で身を守るのだ。相手も、まさか夜鷹がそんな隠し武器を遣《つか》うとは思わないであろう。

「……………そこにいるのは、誰っ！」

三好町《みよしちょう》の裏手の木場に差しかかった時、お凜は、ぱっと振り向いた。十間ほど離れた位置にいた嵐四郎は、とっさに走り出す。

山なりに積み上げた丸太の陰から、影法師が出現した。お凛は、恐怖のために胸元を押さえつけていると見せて、いつでも右手で刺雷を抜き出す用意をする。

一文字笠をかぶり黒い合羽を纏《まと》った影法師は、お凛と駆けつける嵐四郎を交互に見て、小さく舌打ちした。

いきなり、道中合羽の端をはねのけると、嵐四郎に向かって銀光が鋭く走る。

「っ！」

半分ほど抜いた嵐四郎の大刀と、影法師の長脇差が激突して、火花が散った。嵐四郎は、相手の長脇差を押しのけるようにして、大刀を抜き放つ。

斜め後方に跳躍して、影法師は間合をとった。左の逆手に持った長脇差を、胸の前で斜めに構える。

と、お凛が無言の気合とともに、刺雷を打った。痩身の影法師は、長脇差の峰で刺雷を弾き飛ばす。

すかさず、お凛が第二弾を打とうとした時、

「待て、お凛っ」

嵐四郎が制止した。大刀を鞘《さや》に納めて、

「その構え……どうやら、辻斬りではなさそうだ」

「え……？」

お凛が怪訝《けげん》な顔つきになると、

「と、いうことは……旦那も、こちらの姐御《あねご》も、辻斬りじゃねえってわけだ」

ほっとした様子で影法師も納刀し、一文字笠を脱いだ。

「あっしは、大神の今日次と申しやす。ご覧の通りの無宿者で、賞金稼ぎを稼業にしておりやす」

*5*

「ふうん、結城の旦那も深川の木場に山を張っていたとはねえ」

今日次は、冷や酒を飲みながら溜息をついた。

「そこに目をつけたのは、あっしだけだと思ってたんですが」

「そいつは残念だったね」

夜鷹の化粧を落として素顔になったお凛が、鼻で笑う。

彼らがいるのは三好町の小さな居酒屋、その切り落としの小座敷であった。

「どうせ、あっしら無宿人は宿には泊まれねえ。だったら、木場を塒《ねぐら》にしていれば、辻斬り野郎に会えるんじゃねえかと期待してたんですが……考えが甘かったようで」

「それにしても」と嵐四郎。

「ずいぶんと変わった格好だな。普通は、三度笠だろう。それに、木綿ではなく黒繻子の道中合羽など初めて見たぞ」

「だって、旦那。三度笠なんぞかぶったら、あっしの男前の面《つら》が、隠れてしまうじゃありませんか。それじゃあ、娘っ子たちが可哀想だ」

「……」

大真面目《まじめ》に言う今日次を——お凛は唖然として見つめる。

「黒い合羽は、今夜のように待ち伏せするのに都合がいい。繻子にしたのは、第一に綺麗だから。第二に……金の使い道がないからですよ」

「金の使い道……？」

「へい」

今日次は箸の先で煮魚をほぐしながら、

「今までに獲《と》った賞金首の最高は、五十両。十両二十両の首なら、幾つ獲ったか忘れたくらいだ。だけどね、旦那。人別帳から外された帳外者が、大金を手にしたからって何ができます？」

「……」

「家を買うわけにもいかねえし、嫁を貰うわけにもいかねえ。残してやる相手もいねえ。飲む打つ買うといきたいところだが、いつ何時《なんどき》、賞金首に襲われるかも知れねえから、大酒を飲むのも御法度だ。一応は渡世人だが、あっしは博奕《ばくち》が大嫌いでね――と、いうか、勝ったためしがねえ。あとは女だが、あっしは女に金を払ったことは一度もない。逆に、満足させてやって、手間賃を貰うことにしてやす」

「へえ……」

お凛が感心したように、ぽかんと口を開けた。

「まあ、そういうわけで、着る物なんかに金をかけて身綺麗にしておくしか、使い道がねえってことですよ。それに、あっしのような賞金稼ぎは、早晩、どっかの空の下でくたばるでしょうから、いつも死に装束でいたいんでさあ」

「――飲むか」

「いただきやす」

一見お調子者に見える今日次の胸の中にも、自分と同じように荒涼とした風景が広がっているのだろう――と嵐四郎は思う。

「今日次とは珍しい名前だな」

「へい。今日の次は明日、明日に向かって胸を張って生きろ――という意味らしいですが、そう名付けた親父が博奕狂いで家を潰したんですから、お話になりやせん。木曾福島の大神村の庄屋の後継が、今じゃ無宿の賞金稼ぎですから」

しんみりとした口調で、今日次は言った。

「じゃあ、辻斬りを斬って懸賞金の百両を手にしたら、何に使うのさ」

「そうですねえ」

お凛の問いに、美男の賞金稼ぎは大袈裟に腕組みをして、

「金の草鞋《わらじ》でも作らせますか」

「まっ」

お凛は吹き出した。嵐四郎も苦笑する。

「旦那はどうなさいます。百両、手に入ったら」

「俺か。俺は――」

その時、庄太が血相変えて居酒屋に飛びこんで来た。

「た、大変だ、旦那！」

土間に転げるような勢いで、

「十四人目……ついに殺《や》られましたよっ！」

## 6

そこに倒れているのは、樽のように逞しい軀つきをした四十がらみの浪人者だった。

三十三間堂の脇にある雑木林の中だ。喉元を斬られて、ぱっくりと開いた傷口から気管や食道が見える。

周囲に勢いよく飛び散った血の固まり具合からして、殺されてから半刻とは経っていないだろう。

大刀は鞘に納まったままである。生きている時には精悍《せいかん》だったであろうその顔は、締まりがなく、呆《ほう》けたような表情になっていた。

「――松崎伝七郎《まつざきでんしちろう》」と今日次は言った。

「五人斬りの伝七と呼ばれる有名な賞金稼ぎでさあ。この広い江戸で、お目当ての辻斬りに出くわしたんだから、運が良かったのか悪かったのか」

夜中だというのに数多く集まった野次馬の群れから、少し離れた場所で、今日次は嵐四郎たちに話す。

「奴ァ、武州岩槻《いわつき》で五人組の盗人《ぬすつと》を、たった一人で叩き斬ったという凄腕《すごうで》の賞金稼ぎですよ。まともに立合ったら、あっしでも勝てたかどうか……」

「その凄腕の先生が、大刀の柄も手をかけずに殺《や》られたのは、どういう訳だ」

「辻斬り野郎は、よほどの達人なんでしょうよ。旦那も、そう思うでしょ？」

「………」

嵐四郎はそれに答えずに、検屍《けんし》の役人と地元の岡っ引の様子を眺める。岡っ引の乾分らしき男が、汗を拭きながらやって来て、親分の耳元に何事か囁いた。

「馬鹿野郎、誰も下手人を見てねえってことがあるもんかっ」

岡っ引は、人目も考えずに叱《しか》りとばす。

「正面からホトケの喉元を、こんな風に斬ったんだ。下手人は相当の返り血を浴びてるに違いねえ。いくら夜中でも、いや夜中だからこそ、そんな血まみれの姿でのその歩いている奴が、誰にも見つからないわけがねえ。天狗の蓑《みの》で姿を消してるんならともかくな。大方、どこかで別の着物に着替えたんだろう。その場所を捜し出すんだよっ」

「へ、へいっ」

親分に怒鳴りつけられた男は、慌ててその場から走り去った。

「本当に不思議だね、旦那。辻斬りは、どうやって逃げたんだろう」

幻小僧のお凛も、首を傾げる。

「舟でしょうよ」と今日次。

「あの親分の言うとおり、そこら辺の道を歩いていたら、必ず誰かに見咎《みとが》められる。かといって、血染めの衣服を着替える場所が、そうそう都合良くあるわけもない。いつも堀割に舟を用意しておいて、獲物を殺したら、さっと舟で逃げているとしか考えられねえ」

「ところが、大神の兄ィ。そいつは少し難しいんだ」

肉団子のような肥満体の庄太が、得意そうに説明する。

「お前さんはお江戸の事情に詳しくねえだろうが、お町《まち》奉行所の方でもそいつは考えていて、夜だけ、あちこちに臨時の舟の検問所を置いてるんだよ。それに、船宿や船頭にも、『怪しい客がいたら必ず届け出ろ』という、きついお達しが出てる」

「なるほどね。だが、庄太さんよ。辻斬り野郎に自分の持ち舟があるとしたら、どうだい」

「それは……」

「大きな声じゃあ言えねえが――」

今日次は本当に声を潜めて、

「大身の旗本屋敷や大名屋敷では、堀割の水を屋敷の中に引きこんで自前の船着き場を造っているところがある。その舟なら、船宿にも船頭にも関係なく利用できるし、たとえ町方の検問にあっても、深く詮索《せんさく》はされねえだろう」

「恐ろしいことを言うなあ、兄ィ」

庄太は怯《おび》えたように首をすくめて、きょろきょろと周囲を見回す。

「誰にだってわかってることさ。こんな意味のない一文にもならねえ殺しを続ける奴は、喰いつめ浪人なんかであるものか。暇を持て余してる旗本の次男坊か、お大名の馬鹿殿…いや、若殿だろうよ」

「しっ。あすこに、お町の旦那が出張ってるんだぜ」

焦《あせ》った庄太は、むちむちと肉づきのよい両方の掌《てのひら》を今日次に向けて、

「頼むから、言葉に気をつけてくれよ」

「――庄太」

それまで黙っていた嵐四郎が、口を開いた。

「すまんが、お凛を家まで送って行ってくれ」

「えっ」お凛が顔色を変えて、

「旦那はどうするんですよう」

「舟の件はともかく、およそ半刻ほど前には、辻斬りはこの場にいたのだ。ひょっとしたら、次の獲物を求めて、まだ深川界隈をうろついているかも知れぬ。それを捜してみる。今日次の言いぐさではないが、運が良いか悪ければ辻斬りに出会えるだろう」

「だったら、俺《オイ》らも捜すよ。手分けして捜せば…」

「お前は、さっきの今日次の話を聞いていなかったのか」

嵐四郎は、ぴしゃりと叩きつけるように、反論を許さぬ口調で言う。

「相手は凄腕以上の奴だ。おそらく、お前の刺雷では太刀打ちできまい」

「………」

「俺は、お前を無駄に死なせたくない。わかるな」

「はい……」

自分を邪魔にしているのではなく、大事に思っているからとわかるだけに、しょんぼりと首を垂れてしまうお凛であった。

「じゃあ、旦那。お凛姐御は、この泣きべその庄太が責任を持って送り届けますから」

「辻斬りが出たら、あんたが盾になってくれるんだろ。それだけ肉が厚けりゃあ、俺らの身は安泰さ」

「姐御ォ……」

お凛の悔し紛れの毒舌に、庄太は通称の通りに、泣きべそをかきそうになった。

二人が去ると、嵐四郎は一文字笠の渡世人の方を見て、

「お前はどうする——と訊《き》くだけ野暮かな」

「へい」

今日次は笑みを浮かべて、長脇差の柄頭を軽く叩きながら、

「あっしも自分の運を試してみやす」

# 7

横川《よこかわ》に架かる福永橋《ふくながばし》を渡ると、そこは石島町《いしじまちょう》だが、そこから先は蘆《よし》の生い茂る広大な埋め立て地だ。

いわゆる、深川十万坪である。正式には、永代海辺干田《えいたいうみべかんでん》という。田とは名ばかりで、住む者すらいない。

大神の今日次は、洲崎堤の方へまわったはずだ。嵐四郎は提灯《ちょうちん》を手にして、木場の人けのない場所ばかりを選んでゆっくりと歩きながら、この石島町までやって来たのである。

石島町の外れに立って、半月に照らし出された埋め立て地を眺めていると、

「——あの、ご浪人様」

遠慮がちに声がかかった。その方を見ると、松の木の陰から丸めた筵をかかえた女が出てくる。

「遊んでいきませんか」

「どれ」

嵐四郎は提灯を掲げて、いかにも放蕩者《ほうとうもの》のように無遠慮に夜鷹の顔を覗《のぞ》きこんだ。

手拭いをかぶった女は、少し顔を背《そむ》けるようにする。

まだ、二十歳前だろう。薄化粧の、やさしげな面立《おもだ》ちをした美女であった。唇の右側に小さな黒子《ほくろ》がある。

「若いな。名は何という」

「鈴《すず》といいます」

「お鈴か、夜鷹にしては美しすぎる。まさか狐狸妖怪《こりようかい》の類《たぐい》ではあるまいな。ちょっと臀を見せてみろ。尻尾《しっぽ》がないかどうか、調べてやる」

「まあ。厭なご浪人様」

お鈴は身をよじるようにして、媚《こ》びを見せる。

「ははは、気に入ったぞ。お前なら相場の倍払っても惜しくない」

「ありがとうございます。では、こちらへ」

お鈴は、松の木の向こうにある小さな稲荷《いなり》社の方へ歩き出した。嵐四郎は、そのあとに続く。

「あの社《やしろ》の陰でようございますか」

「うむ。だがな」と嵐四郎。

「血まみれの筵は勘弁してもらいたいな」

女の足が止まった――その瞬間、振り向き様《ざま》に抜身の刃《やいば》が月光を弾いて、嵐四郎の首筋を薙《な》ぐ。丸めた筵の中に、刀が隠してあったのだ。

が、その刃が斬り裂いたのは、人間の首ではなく、提灯であった。

相手が抜き打ちに来ると読んでいた嵐四郎は、後方へ跳んで、提灯を首の高さに持ち上げたのである。

切断された蠟燭が地面に落ちて、ふっと火が消えた。半月が、足下に鞘を落としたお鈴と提灯を捨てた嵐四郎の姿を青白く染める。

お鈴が右手で正眼に構えているのは、大刀ではなかった。二尺一寸ほどの長めの脇差であった。

「三十三間堂の脇で殺された賞金稼ぎを見て、俺は、ようやく姿なき辻斬りの謎が解けたと思ったよ。あの男は、何の警戒心もなく辻斬りと雑木林の中に入って、斬られていた。百戦錬磨の賞金稼ぎを相手に、そんなことが出来るのは女、それも美しい夜鷹しか考えられぬ」

嵐四郎は半身の姿勢のまま、まだ大刀を抜いていない。

「夜鷹なら夜更けにうろついていてもおかしくないし、丸めた筵の中に脇差を隠して持ち歩ける。いくら町方が毎夜、捜しまわっても、今の今まで見つからなかったわけだ」

「………」

「それに、右手で脇差を構えて左で筵を盾にすれば、血飛沫を浴びる心配もない。お前の唯一の誤算は、血のにおいのする筵を、そのまま使っていたことだ」

「長広舌《ちょうこうぜつ》は、それまでだ」

お鈴は、顔に似合わぬ伝法《でんぽう》な口調で言う。

「こっちの仕掛けを知られた以上、てめえの命は是が非でも貰うよ」

「お前は武家の出ではなく、裏稼業の者のようだが……なにゆえ、大勢の人々を手にかけた。一文の得にもならぬだろうに」

「ところが、そうじゃあないのさ」

お鈴は不敵に嗤って、

「それに、あたしは確かに辻斬りだが、辻斬りがあたしとは限らないよ」

小馬鹿にしたように言う。

「どういう意味だ……」

「ホトケになっちまう人間に話しても、無駄さっ」

言い終わるよりも早く、お鈴は飛びこんで片手突きを放った。鋭い突きであった。

嵐四郎は、大刀を抜きながら軀をひねって、その突きをかわす。そして、姿勢が流れたお鈴の肩口めがけて大刀を振り下ろした。

通常なら、避けられぬ一撃である。だが、お鈴は右肩から地面に倒れこむことによって、嵐四郎の剣をかわした。

素早く一回転して起きあがると、左手の筵を嵐四郎の顔面に叩きつける。

嵐四郎は、五人斬りの伝七の血で汚れた筵を横一文字に切断して、視界を確保した。

が、筵の向こうにお鈴の姿はない。

「っ！」

月光が翳《かげ》った。見上げると、お鈴の軀は飛鳥《ひちょう》のように高々と空中に跳躍していた。

素晴らしい体術だ。

その絶対的に有利な位置から、お鈴は、振り上げた脇差で真っ向う唐竹割りに斬り下ろそうとする。

が、嵐四郎の反応は、女辻斬りの予想を遥かに超えるものであった。

結城嵐四郎は、お鈴よりも高く跳躍したのである。そして、愕然とした彼女の首の付け根に、大刀をうち下ろす。

「ぐっ……」

峰で頸動脈を強打されたお鈴は、気を失って地面に落ちた。

着地した嵐四郎は、脇差を拾って刃の状態をじっくりと見てから、鞘に納める。

そして、刀の下緒で意識のないお鈴の両手を腰の後ろで縛った。さらに、着物や肌着の裾をまくり上げると、下肢を組んで胡座をかかせる。

血で汚れた面を下にして地面に敷いた筵の上に、俯《うつぶ》せにする。頭部と両膝の三点で躯を支えて、剥き出しの臀を高く掲げた姿勢になった。

これが、小伝馬町《こてんまちょう》の牢屋敷で役人たちが女囚を凌辱《りょうじょく》するために考案したといわれる、〈座禅ころがし〉だ。

盛り上がった白い臀の双丘も二つに割れて、谷底に隠されていた背後の門が剥き出しになっている。茶色っぽい孔だ。その下の花園も当然、完全に露出している。恥毛は細く、帯状に亀裂を飾っていた。

嵐四郎は、お鈴の背後に片膝をついた。着物の前を割って、下帯の中から肉根をつかみ出す。休止状態なのに、常人の勃起時ほどもあった。

右手でこすり立てると、すぐに急角度の臨戦態勢になる。一度、お凜の口の中に放っているというのに、硬度は充分なようだ。

月光を弾いて黒光りする巨砲の先端を、花園に密着させた。

いきなり、ずんっ……と貫く。

「ひぃぃっ！」

石のように硬い巨大な男根に犯されたお鈴は、瞬時に覚醒した。括約筋が、ぎゅっと収縮する。

「や、やめろ……この気触れ野郎っ」

逃げることもならず、激痛に身悶えしながら、お鈴は毒づいた。

「話してもらおうか、何もかも」

ゆっくりと腰を使いながら、嵐四郎は問う。

「辻斬りの理由は何だ。辻斬りがあたしとは限らない——とは、どういう意味だ」

「知るもんか、くそでも啖《くら》いやがれっ」

「では、軀に訊くより他にないな」

嵐四郎は、巨砲の出没のテンポを早めた。お鈴の根性は筋金入りらしく、歯をくいしばって、その責めに耐える。

彼女の意志とは関係なく、花孔を保護するために愛汁が分泌されて来た。その潤滑液によって、嵐四郎の剛根が与える苦痛が、やや軽減したようだ。それどころか、

「む……んふ……」

お鈴が漏らす呻《うめ》き声に、甘いものが混じり始める。頬も紅潮していた。

それに気づいた嵐四郎は、臀肉を両手で鷲《わし》づかみにすると、さらに左右に開いた。

そして、ずぼっ……と抜き取る。

「あんっ」

思わず、お鈴は背を突き出して、男のものを求めた。

次の瞬間、愛汁まみれの巨砲が不浄の門にあてがわれ、そこを突き破った。

「──っ!!」

お鈴の喉の奥から、絶叫が迸った。脳天の内側に真っ白な爆発が起こったのだろう。

「言いたくなければ、言わずともよいぞ」

冷酷な口調でそう言うと、嵐四郎は、お鈴の髷をつかんで、悍馬《かんば》を扱うように荒っぽく臀の孔を犯す。

後門が極限まで広がったが、全く容赦しない。責めて責めて、責めぬく。

何の罪もない九歳の女の子の首を刎《は》ねるような奴に、情けなど無用であった。

「言う、言うから許してぇ……っ!」

お鈴は涙をこぼしながら、哀願した。全身から冷たい脂汗が噴きだしている。しかし、嵐四郎は女の腸《はらわた》の奥を乱暴に掻きまわしながら、

「話す方が先だ」

「や、雇われたの……あたしたち……」

息も絶え絶えに、お鈴は白状する──。

## *8*

旗本二千三百石で旗奉行を勤める岸本兵庫《きしもとひょうご》の屋敷は、本所・新辻橋《しんつじばし》の近くにあった。

旗奉行とは、戦場において徳川家の軍旗や馬印などを守る役目だ。軍事政権である江戸幕府には、平時においては意味のない役職が幾つもあるが、この旗奉行こそは、その中で最も無意味な閑職といえよう。

その裏門のところに、結城嵐四郎と筵をかかえたお鈴の姿があった。切断されたのとは別の筵だ。

おどおどした様子のお鈴が、嵐四郎の方へ振り向くと、彼は大刀を鞘ごと帯から抜き取ると無言で頷く。お鈴は、観念したように、裏門の潜り戸を、三・一・二と叩いた。

「おう。今、開ける」

内側から声がして、くぐり戸が開かれた。身をかがめて、お鈴が門内へ入る。

「遅かったな、お鈴さん」

そう言った門番は、彼女の背後から浪人者が入って来るのを見て、ぎょっとした。だが、声を上げる前に、鞘の鐺《こじり》で急所の水月《すいげつ》を突かれて、くたくたと崩れ落ちる。

裏門にいたのは、その門番だけのようであった。庭の向こう側に書院があり、灯がともっている。

「外道《げどう》どもは、あそこだな」

嵐四郎が問うと、お鈴は、童女のようにこくんと頷いた。冷酷な女辻斬りのくせに、美貌《びぼう》の浪人者に臀の孔まで責められ、征服されて、反抗心が失せてしまったかのようであった。

お鈴を前に立てて、嵐四郎は庭木に隠れながら書院に近づく。

「父上、この勝負はわたくしの勝ちですな」

書院の中にいる若侍が言った。

「何しろ、わたくしの代理のお松《まつ》は、すでに七人という戦果をあげておるのですから。新六郎《しんろくろう》の代理たるお鈴は、六人だけだというのに」

その若侍の脇には、腰元風の女が控えていた。顔は、お鈴にそっくりで、唇の左端に黒子がある。

「何を申される、兄上」

もう一人の若侍が、酒杯を手にしたまま言う。

「たしかに町方の追及が厳しくなって、なかなか獲物が見つからぬ状況ですが、お鈴が今夜出かけたのは警戒の薄い深川。きっと二人や三人を血祭りにあげて、帰還しますぞ」

「そうしたら、また、お松が五人でも六人でも叩き斬るまでだ。のう、お松」

「はい、克之輔《かつのすけ》様」

お松と呼ばれた腰元風の女は、静かに頭を下げた。

「二人とも、いい加減にせい」

上座の老武士——岸本兵庫が、太鼓腹をさすりながら、

「不浄役人どもに嗅《か》ぎつけられては、事だからな。辻斬り勝負は、明晩までとする」

「父上、それは……」

新六郎が不満げに声を上げると、

「お前の代理のお鈴が、今宵、二人以上斬ってくれれば、お前の勝ちではないか。お松が明晩、獲物を見つけるのは今宵よりも難しいのだぞ」

「はあ……それにしても、お鈴の奴、遅いですな」

「——お鈴なら、ここにいるっ」

突如、響き渡った嵐四郎の声に、三人の武士は思わず、腰を浮かせた。

「な、何者じゃっ」

嵐四郎は、お鈴をともなって、書院の明かりが届く場所まで出る。

「俺は闇目付」

「闇、目付だと……?」

「見えぬ涙を見て、聞こえぬ悲鳴を聞いて、言えぬ怨念《おんねん》を叫ぶ者……お前たちのような外道《げどう》を許さざる者、それが闇目付だ」

「何を言う、無礼だぞっ」

新六郎が甲高い声で叫ぶ。

「お前が正室の産んだ次男の新六郎、そっちが側室の産んだ長男の克之輔か。おい、岸本兵庫。遅くできた二人の息子が可愛いのと、正室と側室の両方から責め立てられて、どちらに家を継がせるか迷った末に、お前はとんでもない事を考えたのだな」

「う……お鈴め……口の軽い」

「それは、鈴虫松虫の通り名で呼ばれる双子の女死客人《しかくにん》を雇って、倅《せがれ》たちの代わりに毎夜交代で辻斬りをさせる。その殺した人数の多かった方を嫡子とする……こんな非道な話は、俺も初めて聞いたぜ」

お鈴のかかえていた筵を、畳の上に放り出した。中から、例の脇差が転がり出る。

「しかも、一振《ひとふり》の脇差を交代で使い、二人が同じ太刀筋なものだから、検屍をしても一人の辻斬りがやっているとしか思えなかったというわけだ」

「黙れっ」

岸本兵庫は、垂れ下がった頬の肉を振るわせて、怒鳴った。

「武士が兜首《かぶとくび》を争って、何が悪い。今は平時ゆえ、虫けら同然の町人どもの首狩りで代用したまで。直参旗本として、天に恥じることは何一つないわ！」

そこへ異変を知って、母屋や長屋の方から家臣たちが押し寄せて来た。

「殿、此奴《こやつ》は？」

「曲者《くせもの》じゃ、斬れ！　斬って捨ていっ」

兵庫の号令によって、足袋裸足で庭に飛び降りた家臣たちは、大刀を抜き放った。二十人以上はいる。

「一番太刀には賞金をとらすぞっ」

克之輔が、そう喚《わめ》いた時、後ろの方にいた家臣の一人が呻き声を上げて、倒れた。

「何だ、どうしたっ」

見ると、石灯籠《どうろう》の明かりの届かぬ闇の中から、ぬるりと出現した痩身の影法師——大神の今日次である。

「結城の旦那、悪いがあとを尾行《つけ》させて貰いましたぜ」

一文字笠の下で、木曾狼は嗤う。

「喰えぬ奴だ」

嵐四郎は苦笑いする。

「こんな奴ら、わしが斬ってやるっ」

刀掛けの大刀をつかむと、新六郎は書院から庭に飛び降りた。家臣たちの目を意識して、大仰な動作で抜刀して、

「岸本家の屋敷内を汚した慮外者《りよがいもの》め、この岸本新六郎が成敗してくれるっ」

芝居じみた態度で大刀を振りかぶる。

と、きらりと闇の中から飛来したものが光り、彼の右目に突き刺さった。それは、火箸を細くしたような棒手裏剣であった。

新六郎は女のような悲鳴を上げて大刀を放り出し、臀餅をつく。

「ちっ」

嵐四郎は、築山の方を見た。そこから、神田須田町の家へ帰ったはずのお凛と庄太が顔を出して、ぺこりと頭を下げる。

「どいつもこいつも、しょうがない奴らだ……」

そう呟いた嵐四郎は、ゆっくりと大刀を抜き放ち、右八双に構える。

「三途《さんず》の川《かわ》を渡りたい者は、かかって来い。地獄送りの破邪の剣、とくと味わうがよい！」

やけくそのような雄叫びを上げて、家臣たちは嵐四郎と今日次に斬りかかった。二人は鮮やかな手並みで、彼らを切り倒してゆく。

庄太は松の木によじ登って高みの見物と洒落《しゃれ》こみ、お凛は近づいてくる侍たちを、間合の外から刺雷で戦闘能力を奪ってゆく。

庭を血の海にして、家臣たちの大半が息絶えた。克之輔も新六郎も、嵐四郎の刃に倒れた。

鈴虫松虫の双子の女死客人は、もう雇い主に義理立てする必要はないと考えたのだろう、斬り合いの最中に、いつの間にか姿をくらましていた。

嵐四郎は土足のまま書院に上がり、ただ一人だけ無傷な岸本兵庫に近づく。

「待て、待ってくれっ」

兵庫は、畳に両手を突いて、

「謝る、許してくれ。わしが間違っていた。お役から退《ひ》く。頭を丸めて坊主になり、死んだ者の菩提を弔《とむら》う。だから、命だけは助けてくれ、この通りだっ」

恥も外聞もなく、額を畳にこすりつける。

「お前も武士なら、息子たちの仇敵《かたき》を討ってみろ」

「いやいや、子の仇討ちは武士の作法にないことじゃ」

「武士の作法か……笑わせるな」

嵐四郎は、その左耳を削《そ》ぎ落とした。

「ぎゃっ」

豚のような悲鳴をあげて、兵庫は傷口を押さえた。嵐四郎の剣が一閃《いっせん》すると、今度は、右の耳が畳に落ちる。

「ひどい、謝っているではないかっ」

兵庫は涙さえ流していた。

「お前が謝罪したら、仏門に入ったら、辻斬りの犠牲者が生き返るとでも言うのか」

「いや……わしも少しやりすぎかなあと思ったが、すでにあの男に二百両という代金を払った後だったので……」

「あの男だと……」

嵐四郎の胸に、不吉な予感が走る。

「そうだ。香具師《やし》の紹介で、代理辻斬りの話を売りこみに来たのだ。鈴虫松虫という双子の死客人がいると教えたのも、その男だ。浪人者でな」

畳に転がっている脇差を、ちらっちらっと見ながら、兵庫は言う。

「その浪人の名は」

「う、うむ……不動と名乗った」

「不動………っ！」

その男こそ、結城嵐四郎の妹・小夜を非業の死に追いやった張本人、不倶戴天《ふぐたいてん》の仇敵であった。

虚空を睨みつける嵐四郎に、隙《すき》があると思ったらしく、脇差をつかんだ兵庫が斬りかかった。

しかし、抜刀したつもりが柄だけで刀身がない。

「こ、これは……？」

「残念だったな。柄の目釘《めくぎ》は抜いておいた」

感情のない声でそう言うと、狼狽《うろた》える兵庫の両手首を斬り落とす。

簡単に死なすわけにはいかない。これから一寸刻みの責め問いにかけて、不動について知っていることを洗いざらい喋《しゃべ》らせるのだ――。

# 事件ノ五　地獄の掟

# 1

唸《うな》っている。生ぐさい息を吐きながら、口の端から白く泡立つ涎《よだれ》を垂らしている。

時折、興奮の余り、檻《おり》の鉄格子に噛《か》みつくが、さすがにそれは砕けない。

だが、体長二・五メートル、体重四百キロを超える巨大な羆《ひぐま》が、鉄の檻を揺すりながら全裸の美女を犯している様は、凄《すさ》まじいほど無慈悲で陰惨で背徳的な観世物《みせもの》であった。

羆は、日本列島に生息する動物の中で最大にして最強の猛獣である。

アイヌ人は、羆の成獣をキムン・カムイ――〈山の神〉と呼ぶ。アラスカには、八百キロ近くになる羆もいるという。

羆は腕力が強く、人間の頭など一撃で破壊できる。木の実や鮭《さけ》などを食べる雑食性だが、大型哺乳類には珍しく、仲間同士の闘争で倒した相手を喰うことさえあるのだ。

その金茶色をした羆は、縦横高さ四メートルほどの頑丈な鉄格子の檻に入れられ、一方に縦横一メートルほどの入口が設けられている。普段は、餌《えさ》を入れる時に使う入口だ。

今、その入口から、やはり太い鉄格子で作られた長持《ながもち》のような形の檻が、羆の檻の内側へ挿入されていた。その中には、島田髷《まげ》の若い町娘が、一糸まとわぬ姿で四ん這いの態勢で括《くく》りつけられている。

その娘の花園を、羆の男根が貫いているのだった。

羆の発情期は過ぎているので、餌の中に大量の催淫剤《さいいんざい》を混ぜてあるのだ。

野獣に凌辱《りょうじょく》され、首筋には涎を垂らされながら、娘は革製の猿轡《さるぐつわ》のために、悲鳴を上げることも出来ない。

瞳が快楽に潤《うる》んでいるように見えるのは、すでに正気を失っているためかも知れない。

「おお、浅ましいこと……見なさいませ、あの娘の様《さま》を。畜生に瀆《けが》されながら、悦《よろこ》んでおりますぞ。ほんに、町人の娘とは慎みのないもの」

喘《あえ》ぎながらそう言ったのは、三十代半ばの塗り壁のように厚化粧をした御殿髷《ごてんまげ》の女だ。着物の裾《すそ》を割って、胡座《あぐら》をかいた男の膝《ひざ》の上に跨《またが》り、臀《しり》を蠢《うごめ》かしている。

無論、男の尤物《ゆうぶつ》が、彼女の股間《こかん》を貫いているのだった。

その男は、四十前であろうか。巖《いわお》のように無骨な容貌《ようぼう》である。背丈は並だが、肩幅は広く、逞《たくま》しい軀《からだ》つきだ。綺麗に撫《な》でつけた総髪《そうがみ》には、一筋だけ白いものが混じっていた。

姓名は誰も知らない。江戸の暗黒街では、不動——と呼ばれている。

彼の稼業は、奇抜で残忍な観世物を考え、それを実現させることだ。闇《やみ》のイベント・プランナーとでもいおうか。

無論、この羆に人間の娘を犯させるというアイディアも不動が考えたものだし、そのために、北前船《きたまえ》を買収して蝦夷《えぞ》地《ち》から生きた羆を江戸に運びこませたのである。

羆の檻は、天井の高い石造りの地下室の床に置かれている。芝居小屋の二階席のように、その檻を見下ろす見物席があった。

彼らがいるのは、その見物席で、座布団が敷かれ酒肴《しゆこう》の膳《ぜん》もある。羆凌辱ショウの特等席というわけだ。

夏の終わりだが、石造りのためか、それとも犠牲者の怨念《おんねん》か、その地下室の空気はひんやりとしていた。

普段は、暇を持て余した金持ちの隠居や江戸留守居役などで見物席が満員になるのだが、本日の観客は、滝川《たきがわ》と不動の二人だけである。

「たしかに浅ましいのう……」

不動は、無表情のまま腰を緩やかに使いながら、

「滝川様の女器の締まり具合ときたら、まるで餓鬼《がき》のように貪欲《どんよく》に、拙者の魔羅を奥へ奥へと咥《くわ》えこんで放さぬ」

「まあ、そのような……不動殿も意地の悪いこと……」

金沢《かなざわ》藩前藩主・前田斉広《まえだなりなが》の末娘・藤姫《ふじひめ》付の老女は、小娘のように耳まで朱に染めて恥じらう。

前田利家《としいえ》を藩祖とする加賀《かが》金沢藩百二万石前田家の第十二代藩主である斉広には、四男九女の十三人の子がいた。その九番目の娘が、藤姫である。

文政五年、斉広は気鬱《きうつ》の病を理由に隠居し、嫡子で十二歳の勝千代《かつちよ》が名を斉泰《なりやす》と改めて第十三代藩主となった。そして、その二年後の文政七年七月、斉広が麻疹《はしか》をこじらせて卒去した。享年四十三。

藤姫は、その年の春に生まれたので、父の顔を知らない。今年で、六歳になった。兄であり、金沢藩主である斉泰は一昨年、将軍家斉《いえなり》の二十一番目の娘である溶姫を妻に迎えたが、この溶姫が十七歳だから、藤姫は十一歳年下の義妹ということになる。

老女・滝川は、藤姫の増上寺《ぞうじょうじ》代参という名目で屋敷を出て、浅草にある茶屋の地下室で不動と密会しているのだった。

「いや、誉めているのでござるよ。拙者にはもったいないような女体じゃ」

「世辞でも嬉しゅうございます……ああっ」

滝川は、不動の太い首を掻《か》き抱きながら、

「でも、本当にあの羆は、檻から逃げたりしないでしょうねえ」

「ご心配めさるな。そのために、あの金蛾《こんが》が控えてあります」

不動は、檻の脇に控えている巨漢を目で示した。

頭を剃《そ》り上げたその金蛾という男は、墨染めの直綴《じきとつ》を纏《まと》い、雲水《うんすい》の格好をしていた。左手には六尺ほどの熊槍を持っている。

「あの槍穂には蝦夷地の毒草の汁が塗りこめてあり、あれで一突きされれば、どんなに大きい熊も、一溜まりもないそうな」

アイヌ人は、鳥兜《とりかぶと》を石で潰《つぶ》して唾液でこねたものを、熊狩りの矢毒として用いるのだ。あまりにも効き目が強いので、自殺にも用いられたという。

「それならば……」

滝川は安心した様子になる。

「普通、山犬などと違って、熊が人を襲うことはないそうです。だが、飢饉《ききん》などで山に食べ物がなくなると、熊も人里に降りてくる。そして、牛や馬などを襲っているうちはまだ良いが、一度、人肉の味を覚えると、それからは人しか喰わなくなるそうな」

「では、あの熊は……」

「左様。わざと人肉の味を覚えさせた人喰い熊でござる。熊に喰われると、髪の毛と手足の先しか残らぬとか」

「それを闇の観世物《みせもの》にする……不動殿は恐ろしい人」

そう言いながらも、人獣媾合《こうごう》を見て暗い興奮を覚えている滝川であった。

「しかし、滝川様は薄情でございますな」

「え……わたくしが薄情とは」

「拙者などは、滝川様とこうしているところを熊に喰い殺されるのなら、本望だと思っておりますのに」

にこりともせずに、歯の浮くような睦言《むつごと》を囁《ささや》く不動だ。

「あれ、わたくしこそ……殺されても良い……でも、出来ることなら、熊の牙《きば》にではなく、不動殿の肉鉾《にくほこ》に」

「こうかな」

不動は力強く突き上げた。

「ひぃィ……っ！」

熟れ盛りの老女は、仰《の》けぞる。

その時、羆が射出の咆哮《ほうこう》を上げ、檻の中の娘が全身を突っ張らせて息絶えた。苦痛と恐怖のために、ついに心の臓が破れたのだろう。

不動が片手を振って合図すると、にやりと嗤《わら》った金蛾が、娘の檻の天井部分をスライドさせる。

興奮しきった羆は、娘の頭部に喰いついた。人間の頭蓋骨が噛み砕かれる不気味な音を聞きながら、滝川は絶頂に達する。

不動は、彼女の内部に放った。そして、快楽の余韻にひたっている滝川の耳元に、

「滝川様。次は何時《いつ》、お会いできますかな」

「ら、来月……藤姫様が本所の竜眼寺《りゅうげんじ》に萩を観にゆかれるので……その時……」

夢現《ゆめうつつ》で答える滝川だが、それを聞いた不動の目に、青白い炎が宿った。

「ほほう、萩寺にのう――」

これが、文政十二年の晩夏のことである。

## 2

江戸八百八町の軒先を吹き抜ける風は、初秋のものになっている。明るい午後の陽差しに、残暑の粘り気は、もうない。

辻斬り狩りが本所の旗本屋敷で血の決着を見てから、すでに十日ほどが過ぎていた。

幻小僧のお凛は、身幅の狭い着物を着た粋な遊び人風の姿で、聖天宮《しょうでんぐう》の表門の前を歩いていた。

千住宿《せんじゅ》で聞きこみをしてきた帰りである。不動に似た浪人者がいる――という情報があったから調べたのだが、とんだ無駄足であった。岡場所に居続けした挙げ句、所持金が足りなくて、下男代わりに働かされている喰いつめ浪人にすぎなかったのだ。

結城嵐四郎が、あの岸本兵庫を責め問いにかけて聞き出したところによると、不動を紹介したのは、四谷に住む香具師《やし》の元締で痃癖《けんぺき》の千五郎《せんごろう》という者であった。

嵐四郎は、兵庫を始末した翌日の夜、湯島の蔭郎《かげろう》茶屋で遊んでいた全裸の千五郎を襲った。

娘にしか見えない妖艶《ようえん》な顔立ちをした十三歳の蔭郎――少年売春夫を当て落としてから、千五郎の陰嚢《いんのう》を刺雷《しらい》で畳に縫いつけて、じっくりと尋問する。この男が不動を岸本兵庫に紹介したために、十四人もの人間が斬殺されたのだから、どんなに痛めつけてもやりすぎではない。

だが、千五郎は不動について目新しいことは何も知らなかった。失望した嵐四郎であったが、香具師の元締の男根と陰嚢を切断するだけで勘弁してやる。

座敷を血の海にしてのたうち回った千五郎は、何とか命だけは取り留めたが、あまりの激痛と男性の象徴を失ったショックで髪が真っ白になり、寝たきりだという。

(嵐四郎様に、早くお妹様の仇敵《かたき》を討たせてあげたい。石にかじりついても、不動って奴の居場所を突き止めないと……)

そんな風に考えながら歩いていたお凛は、前から来た風呂敷包みを背負った老婆と肩がぶつかってしまう。

老婆は小さな悲鳴をあげて、その場に臀餅をついてしまった。

「すまなかったな、婆《ばあ》さん。怪我《けが》はないかい」

お凛は、あわてて、老婆を助け起こした。

「すいません、兄さん。のろのろしてたあたしが悪いんです。本当にすいません」

因縁でもつけられると思ったのか、老婆は曲がった腰をさらに深々と折って、何度も詫《わ》びを言う。

「いや、俺《オイ》らの方が悪いんだ。重そうな荷物だな、ああ中身は米か。家はどこだい。え？山川町《やまかわちょう》？　何だ、すぐそこじゃねえか。俺らが運んでやるよ。いいんだ、気にしねえでくれ。軽いもんだ、ほらよ」

そういうわけで、風呂敷包みを背負ったお凛は、山谷堀《さんやぼり》の南側にある山川町の路地の奥へと入って行った。

老婆の言うとおりに、小唄《こうた》の師匠でも住んでいそうな黒板塀の小綺麗な一軒家の玄関へ入る。

彼女の背後で、老婆がさっと腰を伸ばしたのは気づかない。

「婆さん、ここが奉公先かい」

振り向きながらそう訊《き》こうとした時、〈老婆〉に首筋を重い物で一撃され、お凛は気を失って、その場に倒れた——。

「……んぅ」

自分の呻《うめ》き声で、お凛は意識を取り戻した。

いや、目見めたはずなのだが、何か雲にでも乗っているかのように、ふわふわと躯の重さが感じられない。目の前で、七色の色彩が明滅しているようだ。

裸であることだけはわかる。全裸だ。

そして、二つの乳房の先端に甘ったるいような感触がある。誰かの唇と指先が這いまわっているのだ。

「嵐四郎…様？」

この世で唯《ただ》一人、肌を許した男の名が、自然と唇からこぼれる。

と、左の乳房を弄《もてあそ》んでいた指が、下肢に移動した。太股の内側を撫で上げて、ほとんど無毛に近い花園に潜りこむ。

「だ、誰え？　誰なの……？」

お凛は身悶《みもだ》えした。花孔の内部に進入した指の太さも形も、明らかに嵐四郎のものとは異なると気づいたのだ。

「いや、いやだ……」

何者かの指を逃れようとするが、躯の自由がきかない。指が抜き取られ、それに代わって、指とは比べものにならない質量のものが、花孔の入口をこじ開けようとする。

(俺らの軀は嵐四郎様のもの……！)

朦朧《もうろう》たる意識の中で、お凛は舌を噛もうとした。が、口の中に手拭いを押しこまれて、それは失敗する。

肉体の内部に進入されてしまった。硬くて巨《おお》きいものだ。

お凛の目から涙が溢《あふ》れる。

(どうしよう、俺ら、もう……嵐四郎様に会わせる顔がないよっ)

しかし、十八娘の柔肉を蹂躙《じゅうりん》したものが逞しい動きを開始すると、そこから熱い波動が生じて、お凛の頭の奥まで淫《みだ》らに染め上げられてしまう。

(ああ……ああァ………嵐四郎様ァァっ！)

愛《いと》しい男の名を呼びながら、お凛は、喜悦の絶頂に達した。

3

「何をしやがるっ！」

「てめえ、賭場《とば》荒しかっ」

愛宕下《あたごした》にある大名家下屋敷の中間部屋《ちゅうげん》、そこにいきなり土足で乗りこんで来た浪人者に向かって、中間たちは吠《ほ》えた。

駒《こま》を張っていた客たちは、あわてて板の間の隅に避難している。

盆を挟んで中間たちと向かい合った長身痩軀《そうく》の浪人者は、墨流し染めの着流しに籠目小紋の袖無し羽織という姿。左手に大刀を鞘《さや》ごと持っている。

「ここに用心棒がいるだろう。出せ」

結城嵐四郎は言い捨てた。投げやりとも言える口調であった。

「ふざけるな、ド三一《サンピン》！」

「ここから生きて出られると、思ってるのかっ」

喚《わめ》きながら、中間たちは匕首《あいくち》や仕込み杖《づえ》を引き抜く。

と、嵐四郎は白布をかけた畳の縁《ふち》を、無造作に軽く蹴《け》った。畳は生きもののように、ぱっと垂直に起き上がる。

その瞬間、畳は真っ二つに斬《き》り裂かれて、ぱたんっと左右に倒れた。

誰にも、嵐四郎が刀を抜くところは見えなかった。ただ、大刀が鞘に戻る鍔《つば》鳴《な》りの音を聞いただけである。中間たちは呆然としてしまう。

「――やめとけ」

奥の部屋から、旅姿の渡世人が出て来た。

「お前らが束になっても、その旦那にはかなわねえよ。土の中に入って頭の上に卒塔《そと》婆《ば》を押っ立てられたくなかったら、退《ひ》きな」

その渡世人は、賞金稼ぎの木曾狼こと大神の今日次であった。

「俺だって、この旦那に勝てるかどうか、わからねえ。まあ、四分六ってとこだ。無論、俺が四分さ」

「得体の知れぬ用心棒というのは、お前さんだったのか……」

明らかに失望した口調で、嵐四郎は呟《つぶや》く。

「他の誰かとお間違えで？　ああ、例の不動とかいう男ですか」

今日次の問いかけに答えず、嵐四郎は「邪魔したな」と言って中間部屋を出る。裏口の門番は、嵐四郎の姿を見て、あわてて物陰に隠れた。

夕闇迫る人けのない大名《だいみょう》小路《こうじ》を歩きながら、嵐四郎は己《おの》れの胸の中の焦《あせ》りの炎を持て余していた。

暗黒街で仕事を続けながら、不動は巧妙に自分の足跡を消している。彼に仕事を依頼した者も、住処《すみか》は知らない。臨時の連絡場所を教えられるだけで、そこも仕事が終われば、すぐに引き払われるのだ。

（いつになったら、小夜の仇敵が討てるのか……）

背後から近づいて来る足音を聞いて、嵐四郎は歩みを止めた。

「旦那、あっしですよ」

後ろから来たのは、大神の今日次であった。一文字《いちもんじ》笠《がさ》を手にして、引き回しの黒繻《じゅ》子合羽を肩に引っかけている。

「今日次、どうして賭場の用心棒などしている」

「へへへ、仕方がありませんや」

　今日次は、嵐四郎と肩を並べて歩きながら、

「あっしら無宿人は、金を持っていても御府内の旅籠《はたご》には泊まれない。お役人に見咎《みとが》められた時のために、旅の途中ですという言い訳に、いつも、こういう格好をしていなきゃいけねえ。だから、大名屋敷の中間部屋くらいしか、寝起きする場所がねえんでさあ」

「江戸を出ればよかろう」

「それも考えましたが、さすがに公方《くぼう》様のお膝元、色々と稼げそうなんでねえ」

「俺に何か用か」

「用ってほどのことでもありませんが……旦那が辻斬り退治の手柄を譲ってくださったんで、美濃屋《みのや》の懸賞金の百両、あっしがいただきました。ありがとうございます。おかげさまで、合羽も新調できました」

　そう言って、裏地の紅絹《もみ》を見せる。

「礼を言われることではない。俺の方には、別口から金が出ている。二重取りは気が進まなかっただけだ」

別口から――とは、闇目付として死番猿から貰《もら》った百五十両の報酬のことであった。

今日次はにやにやして、

「それで、旦那。面白い噂《うわさ》を聞いたんですがね。なんでも、美濃屋みてえな大店《おおだな》は別として、辻斬りの犠牲者の家という家の勝手口に、いつの間にか小判の包みが置かれていたそうじゃありませんか。いや、世の中には奇特なお方がいるもんで」

「……話はそれだけか」

嵐四郎は足早に歩き去ろうとした。

「待った、待っておくんなさい。本題はこれからですよっ」

今日次も足を速めて、真面目な顔つきになり、

「旦那は今日、加賀金沢藩のお姫様が拐《かどわ》かされたって話を、ご存じですか」

「前田家の姫が？」

さすがに、嵐四郎も驚いた。

「正しくは、今の殿様のお妹様ですが、年齢がまだ六つなんだから、まあ、お姫様と呼んでもいいでしょう。藤姫様とおっしゃるんだが、今日の昼間、本所の竜眼寺に萩見物に行かれた……」

微行《おしのび》だから、供の数もごく少数で、境内の茶屋の奥座敷を借り切って、一行は休息した。そして、老女の滝川が付き添って後架《こうか》へ行った藤姫は、そのまま帰らなかった

のである。

滝川は、後架の脇の植えこみの陰で事切れていた。背中から心の臓を一突きされていたという。死に顔には、信じられぬという表情が浮かんでいたそうだ。裏口を警備していた侍二人もまた、刺殺されていた。

おそらく下手人は、後架から出た藤姫をさらって、裏口から逃亡したのであろう。しかし、大人の女性ならいざ知らず、六歳の童女なら袋に詰めても背負い籠に入れても、いかようにも隠せる。

残った者たちが、血相を変えて境内《けいだい》を捜しまわったが、藤姫の行方は杳《よう》として知れなかった。

「とりあえず、お姫様は出先で風邪をひいたことにして、一行は空駕籠《かご》で金沢藩の上屋敷へ戻りました。そして箝口令《かんこう》を敷き、極秘で行方を捜しているそうです」

「お前は、なぜ、それを知っている」

「蛇の道は蛇、下郎《げろう》の口に戸は立てられぬ……とか。いくら口止めしたって、中間たちが喋《しゃべ》らずにいるもんですか」

「身代金の請求は」

「まだ、ないそうで。でも、大藩中の大藩、百万石の金沢藩のお姫様だ。千両二千両の端金《はしたがね》じゃすまねえでしょうよ」

今日次は、声を落として、

「旦那、手を組みませんか。あっしと旦那が力を合わせれば、拐かし野郎を見つけてお姫様を取り返し、それから金沢藩と交渉を……」

「――今日次」嵐四郎は、静かに言う。

「俺は小さい子供の命を金に換えるような奴《やつ》は……好かぬ」

「っ！」

大神の今日次は合羽と笠を捨てて、ぱっと跳び下がった。蒼白《そうはく》な顔になり、長脇差の柄《つか》に左手がかかっている。

真正面から、まともに殺気を浴びせかけられたのだ。

「………」

嵐四郎は無言で踵《きびす》を返すと、白い塀が続く大名小路を歩き去った。今日次は、声をかけることもできず、その後ろ姿を見送る。

## 4

汐留川《しおどめがわ》にかかる新橋の袂《たもと》に、結城嵐四郎が差しかかると、

「あの……旦那」

柳の木の陰から、彼を呼び止める声がする。

見ると、双子の女死客人《しかくにん》・鈴虫松虫の片割れ、お鈴であった。嵐四郎の肉根に、女門も後門も荒っぽく犯された女である。

その大人しそうな顔からは、体術に優れて剣の腕も立つ殺し屋であるとは誰も想像できまい。唇の右側に、小さな黒子《ほくろ》がある。

お鈴は、眩《まぶ》しそうな表情で、嵐四郎の顔を見る。嵐四郎は無視して、通り過ぎようとした。

「待ってください、嵐四郎様っ」

木の陰から飛び出したお鈴は、嵐四郎の袂を引いて、

「お願い、聞いて。お凛さんの命に関わることなんです」

「お凛の命、だと？」

じろりとお鈴を睨《にら》みつけた嵐四郎の眼光は、修羅場をくぐり抜けてきた女死客人の背筋も凍りつかせるほど、凄まじいものであった。

「こ、こんな道端じゃ話もできません」

お鈴は気を取り直して、

「さ、あそこに船を待たしてありますから。話は中で……」

返事も聞かずに、お鈴は土堤《どて》を降りて、そこの小さな桟橋に舫《もや》ってある屋根船に乗

りこんだ。艫《とも》にいる船頭は、真っ黒に日焼けした五十近い小男である。

嵐四郎は、大刀を鞘ごと帯から抜いて、船の座敷に入る。行灯《あんどん》には、明かりが入っていた。

「伊助《いすけ》さん、やっとくれ」

船頭に声をかけると、お鈴は板戸を閉じた。船が、ゆっくりと桟橋を離れる。

「信用できる船頭さんですから」

お鈴は、そう言い添える。胡座をかいた嵐四郎は、

「では、話を聞かせて貰おう」

「お凛さんの命に関わることをお教えする前に二つ、お願いがございます」

「二つの願いか」

「はい。まず、一つ目は……」

にじり寄ったお鈴は、嵐四郎の下腹部に顔を伏せた。

「おい」

「お願い……」

着物の前を開くと、下帯の中から男のものを取りだして、咥える。

巧みであった。舌先が、蛇のように肉根の表面を這いまわる。その間、指の腹で、玉袋を羽毛で刷《は》くように撫でることも忘れない。

嵐四郎は、その奉仕に溺れることなく、冷たい眼差しでお鈴を見下ろす。もしも、お鈴が歯を立てようとしたら、寸前に顎《あご》の骨を外すことが可能であった。

「ね、出して……嵐四郎様のものが嚥《の》みたいの……」

長大な茎部を唇で愛撫しながら、お鈴は哀願した。芝居でない証拠に、性的興奮のあまり眼の縁が赤く染まり、瞼《まぶた》には金の粉を撒いたようになっている。

再び、お鈴は、膨れ上がった先端部を咥えた。頭を上下に動かす。

お鈴の狙《ねら》いはわからないが、話を聞き出すために、嵐四郎は快楽の堰《せき》を開放した。夥《おびただ》しく、放つ。

「うぐっ……んん……」

熱さと量に驚いたらしいお鈴だが、喉《のど》を鳴らして嚥む。最後の一滴までも啜《すす》りこむ。

「もう、いいだろう」

丁寧に舌で浄《きよ》めたお鈴が、男のものをしまって元通りにすると、嵐四郎は言った。

「はい」お鈴は華紙《はながみ》で口元を拭いながら、

「山谷堀の南の山川町、嶋屋《しまや》という唐物屋《とうぶつや》の脇の路地の突き当たりに、黒板塀の一軒家があります」

「……」

「お凛さんは、二刻《とき》ほど前から、そこに捕らえられています」

「何だとっ」

嵐四郎の表情が険しくなる。

「捕らえたのは、お松。あたしの双子の妹です」

「何が目当てだ。金か、それとも、前に稼業の邪魔をした意趣返しか」

「意趣返しですが……どうして、嵐四郎様は、あの岸本屋敷で、あたしたちを斬らなかったんですか。どうして、見逃してくださったのですか」

「俺は今まで、女を斬ったことはない。どんな外道《げどう》でもな」

「………」

「ただし、お凛に危害を加えた奴は、女だろうが何だろうが、生かしてはおかん」

「羨ましい……」

俯《うつむ》いたお鈴は、ぽつんとそう言ってから、

「恥をお話しないといけません。あたしとお松とは……姉妹であって、女女事《めめごと》の相方《あいかた》同士でもあるのです」

「む……」

嵐四郎も、驚かざるをえない。

女女事とは、現代の言葉でいえば女性同性愛《レズビアン》のことである。「女と女で秘事をする」という意味だろう。

「あたしたちは、乳呑《ちの》み児《ご》の時に親に捨てられた者……養い親には八つの時から手籠《てごめ》にされて、弄ばれて来ました。我慢できなくなって、十の時に二人でそいつを殺して、行き倒れになりかかったところを、死客人の元締に拾われたんです」

「……………」

「その元締の下で、殺しの技法や軽業や体術、そして男の悦ばせ方も教えこまれました。だけど、天にも地にも、信頼できる相手はお松だけ。お松もまた、同じ。それで……畜生道とは知りながら、姉妹で遊牡《つる》むようになったんです」

「だから、お前が俺に姦《や》られたことが許せないというわけか。嫉妬《しっと》か」

「ええ……ですから、あの……」

お鈴は、嵐四郎から目をそらせて、

「妹は、お凛さんに阿芙蓉《あふよう》混じりの媚薬《びやく》を飲ませて……張形《はりがた》を使っています……ああっ」

思わず、大刀の柄に手をかけ片膝を立てた嵐四郎の前に、お鈴は身を投げ出すように土下座をした。

「お願いでございます、二つ目のお願いでございますっ」

畳に額をこすりつけて、

「お松の命だけは助けてやってください。その代わり、その代わりに、あたしの首を差し上げます。伊助さんには、あたしが死んでも、大急ぎで山川町まで行くようにお願いしてあります。お凛さんは、今ならまだ、阿芙蓉中毒にもならずに済むはず。お怒りはごもっともながら、あたしの命で、妹を助けてやってくださいまし。嵐四郎様のものを嚥ませていただいて、もう思い残すことはありません。お願いでございますっ」

必死の嘆願であった。

「……そんなに妹が大事か」

「大事でございます。きっと、嵐四郎様がお凛さんを大事に思っておられるのと同じくらいに……」

「…………」

「お松は、あたしの半身。いなくなったら、あたしは生きてゆけません。ですから、この命と引き替えに、何とぞ、妹だけは……後生です」

「そんなに大事な半身なら……」

結城嵐四郎は、しみじみとした口調で言う。

「お前が死んだら、妹も生きてはおらんだろう」

「……嵐四郎様っ」

お鈴は、はっと顔を上げた。座り直した嵐四郎は、障子窓を半分だけ開けて、夜の江戸湊《みなと》を眺めている。

「俺にも妹がいてな」

「もしや……亡くなられたのでございますか」

「殺された。自害だが……殺されたのと同じだ。それを知って、俺は人の心を捨てた。闇目付となって、数えきれぬほどの悪党を斬りまくって来た……」

「……」

「その俺の心に、何か温かなものを灯《とも》してくれたのが、お凜なのだ」

お鈴は胸を打たれた。この御方《おかた》は、心の底からお凜さんを愛しく思っておられる――

――お鈴は、わっと泣き伏して、

「申し訳ございません、嵐四郎様っ、申し訳も……」

「もういい」

嵐四郎は襟元をくつろげながら、

「二つ目の願いも聞き届けてやろう、お凜が無事であればな」

「ありがとうございます。お凜さんが、まだ山川町の家にいるのは、間違いありません」

涙を拭いながら、お鈴は言う。

「でも、これが先月なら、大変なことでした。ひょっとしたら、不動に引き渡されて、熊の餌にされていたかも…あ、痛いっ」

いきなり、嵐四郎に両肩をつかまれて、お鈴は悲鳴を上げた。

「不動……お前は不動のことを知っているのか」

嵐四郎の両眼が血走っている。

「は、はい。少しだけ、話を聞いたことがあります」

男の勢いに圧倒されながらも、お鈴は説明しようとする。

「なんでも、金沢藩に復讐をするのだとか——」

## *5*

それから七日後——旅支度の結城嵐四郎は、上州と信州の境に位置する渋《しぶ》峠を東から登っていた。

空は灰を溶かしこんだように、どんよりと曇っている。正午《ひる》前だ。どこかで、野猿の鳴く声がした。

「む……」

編笠を持ち上げて、峠の茶屋を見上げた嵐四郎は、その縁台《えんだい》に腰掛けている旅人を目にして、形の良い眉《まゆ》をひそめる。

「旦那、どうも」

茶屋に近づいて来た嵐四郎を見て、立ち上がって頭を下げたのは、賞金稼ぎ・大神の今日次であった。

嵐四郎は彼を無視すると、別の縁台に座って編笠を取り、店の老婆に団子と茶を注文する。すると、今日次は、わざわざ自分の茶と一文字笠を持って、嵐四郎の隣に移ってきた。

「気を悪くしねえでくださいよ、旦那。実は、草津《くさつ》で旦那を追い越して、ここでお待ちしてたんで」

「つまり、江戸からずっと尾行《つけ》て来たわけか」

「へい。まことに申し訳ないことながら、旦那の使った早耳連中を買収しまして」

早耳、もしくは早耳屋とは、現代でいう情報屋のことである。

「狙いは……藤姫か」

「その通りで。旦那の目的は別らしいですが、追ってるものは同じってことになりやす」

七日前の宵《よい》の口《くち》――嵐四郎は、山川町の家にお鈴とともに乗りこんだ。

そこで見たものは、全裸のお凛を張形で嬲《なぶ》っているお松の姿であった。お鈴の必死の願いがなかったら、間違いなく、目にした瞬間にお松を斬り倒していたであろう。

驚いたお松は、匕首をお凛の喉に突きつけようとしたが、それを軀を張って止めたのは、お鈴であった。

実の姉の命がけの説得の末、お松も、ついに折れた。さすがに嵐四郎に詫びるまでは出来なかったが、匕首を納める。

お凛に肌襦袢《はだじゅばん》を着せて、解毒効果があるという薬湯を飲ませ、近所の者に庄太への手紙を頼んでから、嵐四郎は、不動のことをお松から聞き出した。

岸本兵庫に売りこまれる前に、お松は一度だけ、不動の酒の相手をしたことがあり、その時、姉妹の身の上話を聞いた不動は、自分のことも少しだけ話したのだという。

「俺が闇の稼業に入ったのは、まず大金を稼ぐため、そして、その金と裏の人脈を使って、加賀金沢藩に喰いこむためだ。それから、日本一の外様大名を取り潰しに追いこんでやるのさ」

一介《いっかい》の浪人者に百万石の大藩が潰せるのか——とお松が驚いていると、不動は嗤って、

「できる。俺は、金沢藩の最も弱い部分を攻めるのだ」

そう答えたという……。

金沢藩の最も弱い部分——六歳の藤姫が萩寺から誘拐されたのは、不動の仕業なのか。姫を熊に喰い殺させるのか、それとも、払いきれないほどの身代金を請求して財

政破綻《はたん》で取り潰しに追いこもうというのか。

いや、悪の天才ともいうべき不動が、そんな単純な仕掛けで済ませるはずがない……。

だが、不動の金沢藩潰しの方法を詮索《せんさく》している暇はなかった。駆けつけた庄太が眠っているお凛を駕籠に乗せて運び去ると、お鈴とお松を案内人にして、不動の隠れ家に向かう。

浅草寺《せんそうじ》の北側の田圃《たんぼ》の中にある屋敷――かつては御用達商人の紙問屋の寮だった屋敷の地下に、石造りの広い部屋があり、そこで羆が若い女を犯して喰うという凄惨《せいさん》な観世物が行なわれていたのだ。

やはり、その隠れ家は放棄されていた。熊の檻もなく、石畳の床に、洗っても洗い流せぬ血のにおいがこびりついているだけであった。近所の者に訊くと、三日前の夕暮れに何か大きなものを運び出していたそうだ。

熊の檻は縦横高さが十三尺もある。その移動が人目につかないわけがない。鈴虫松虫の姉妹と別れて、神田須田町の家へ帰った嵐四郎は、庄太に命じて早耳屋たちに檻の行方を捜させる。

お松が渡した解毒剤を服用させても、お凛が正気を取り戻すのに丸三日かかった。その間に、熊の檻を運ぶ興行師の一行が板橋《いたばし》宿から中仙道《なかせんどう》を西へ向かったという報告

せる。

その興行師の風体は、鈴虫松虫から聞いた不動のそれと一致した。嵐四郎は、和吉《わきち》と金次《きんじ》という二人の早耳屋を厳選し、たっぷりの路銀を持たせて興行師一行を尾行させる。

が届いていた。

正気になったお凛は、いきなり自殺しようとした。これを予想して、嵐四郎は不動のあとを追わず、お凛の枕元から離れなかったのである。

「俺らはもう……嵐四郎様に顔向けできない軀になりました……潰されてしまったの」

泣きじゃくりながら、そう打ち明けるお凛を、嵐四郎は抱きしめて、

「お前の軀は潰されてなどおらん。お松が使ったのは張形だ。本物の男のものではない」

「でも……」

「よいか、お凛。よく聞け。仮に……何十人の男、何百人の男に辱《はずかし》められようとも、お前は決して死んではならぬ。死んでくれるな。俺が必ず助け出す。だから、死ぬな」

「嵐四郎様……」

「大事な者を守りきれずに死なせるのは、生涯に一度だけで沢山だ。お前は死ぬな。俺を独りにするな。お前が死んだら……俺も生きてはおれぬ」

「ら、嵐四郎様……っ！」

泣いてしがみつく十八娘を本当に安心させるために、嵐四郎は三度、抱かねばならなかった。

そして翌日、嵐四郎は不動の一行を追う旅に出たのである。庄太は、お凛のために江戸に残したので、一人旅であった。

早耳屋の和吉たちが途中の旅籠や茶店に残した伝言によれば、不動の一行は、中仙道の信濃追分《しなのおいわけ》から脇街道を北へ向かったという。

熊と鉄の檻を合わせて二百貫を超える重量だから、一行の速度は遅かった。三日の遅れがあっても、嵐四郎は確実に不動の背中に迫っていた。

そして、今日中に不動に追いつくと思っていたら、突如、彼の前に木曾狼こと大神の今日次が出現したのである。

「どうでしょう、旦那」と今日次は言う。

「不動は、老女の滝川を誑《たら》しこんで、まんまとお姫様を拐かした。そして、金沢藩に身代金の請求もせずに、観世物の熊を運んで江戸を出ている。熊の餌にしたんでなけりゃあ、あっしは、その熊の檻にお姫様が隠されていると睨んだのですが」

「たぶん、そうだろう」

茶を飲みながら、嵐四郎は興味がなさそうに言った。

「六歳の童を、いくら薬で眠らせても、江戸から運び出すのは大変だ。長持の中に隠しても、役人に調べられればそれまで。だが……熊の檻の台座に隠し部屋でも作ったのなら、話は違う。百貫以上もある巨大な人喰い熊を前にしたら、誰も檻の台座まで丹念に調べようとは思うまいよ」

「役人が改めようとしたら、わざと素知らぬふりで熊をけしかけるでしょうからねえ」

自分の推理を嵐四郎に肯定されたので、今日次は上機嫌になる。

「それじゃあ、旦那、あっしと手を組んでいただけますね」

「――断る」

「へ？」

嵐四郎は茶代を置くと、編笠を手にして、さっと立ち上がり、

「俺が追うのは、不動のみ。他のことは関わりがない」

そう言って、足早に歩き出す。

「だ、旦那っ」

今日次も、あわてて一文字笠と黒繻子合羽を手にすると、彼のあとを追った。

うねうねと折れ曲がった急な坂道を、二人は下って行った。何を話しかけても嵐四郎が返事をしないので、今日次も諦《あきら》めて、黙ってあとをついてゆく。

この辺り一帯は、那須《なす》火山帯に属する温泉地帯だ。脇街道の先にある湯田中《ゆだなか》には、十数軒の湯宿があるという。

坂道が終わったところに、右へ入る小道がある。小道の先は上林《かんばやし》村である。

その小道の手前で、嵐四郎は、右手の林の中に人の気配を感じた。

いきなり、林の中から何か丸いものが二つ、放り出される。

「むっ!」

嵐四郎の足下に落ちたそれは、人間の生首であった。

*6*

「和吉、金次っ!」

それは、不動一行を尾行していたはずの早耳屋であった。首の切断面がぎざぎざだから、刃物で斬られたのではないようだ。

「ぬははは、お前が結城嵐四郎かっ」

饅頭笠《まんじゆうがさ》をかぶり墨染めの直綴を纏った大男が、林から出て来る。六尺棒を手にしていた。

「貴様……不動の手下か」

「おうよ、わしは金蛾という。お前は金沢藩に雇われた者ではないようだが、なぜ、不動のお頭《かしら》を追って来たのだ」

「その理由は、不動に直《じか》に説明しよう」

「お前が、お頭に会うことはない」

金蛾は残忍な嗤いを浮かべる。

「もうすぐ、死んでしまうのだからな……さあ、来い」

畳のように広い背中を見せて、林の中に入ってゆく。嵐四郎は、胸の中で二人の早耳屋に手を合わせてから、それに続いた。

「驚いたね、どうも」

首を振りながら、今日次も、嵐四郎のあとを追う。

十数間ばかり奥に入ると、五十坪ほどの草の生えていない空き地があった。その向こうに、深い繁みがある。

地面に血溜りがあるところからして、二人の早耳屋は、この空き地で殺されたのだろう。しかし、首から下の死骸は、そこにはなかった。

「ここがお前の死に場所だ」

足を止めて振り向いた金蛾が、言う。

六尺棒の先端を外すと、その下から不気味な色に光る槍穂が現れる。棒に見せかけた熊槍だったのだ。

嵐四郎は、それを見ながら、

「一つ、訊く。不動はどこにいるのだ」

「お頭は、この先の地獄谷《じごくだに》にいる。が、お前の地獄はここだ」

小馬鹿にしたように、金蛾は言った。

「おいおい、俺様を無視するんじゃねえっ」今日次が苛立《いらだ》たしげに言った。

「いくら腕に自信があるか自慢の槍だか知らねえが、こっちは二人だぜ。もっとも、一人ずつ勝負してやるがな」

「腕に自信……？　残念だが、お前たちの相手をするのは、わしではない」

金蛾は、鋭く指笛を吹いた。

彼の左側の繁みが割れて、のっそりと小山のように巨大な獣が姿を現す。金茶色をした羆であった。前肢は、大人の胴よりも太い。

「だ、旦那……っ？」

怖いもの知らずの今日次も、さすがに顔色を失った。嵐四郎とて、悪夢を見ているような気分だ。

普通の野生の熊ならば、睨み返すと逃げる可能性もあるのだが、人肉の味を覚えた熊では、そうもいかない。

（和吉たちは、こいつに喰われたのだな……）

道理で、和吉たちの首から下の死骸が残っていないわけだ。それは羆の腹の中なのだ。首の切断面は、黄色い牙で喰い千切った痕《あと》だったのである。

金蛾が二度、指笛を吹く。

咆哮《ほうこう》とともに、人喰い羆が立ち上がった。聞く者の腸《はらわた》に響くような咆哮であった。

「今日次、右だっ」

そう叫んで、嵐四郎は編笠を捨てて左へ逃げる。今日次も一文字笠を捨てると、弾かれたように右へ走り出した。

とりあえず、目標を分散させて、羆を困惑させる作戦だ。

しかし、羆は迷わなかった。

捨てられた笠にも興味を示さず、四ん這いになって今日次の方へ走り出した。瞬く間に、距離を詰めてしまう。人間の脚力では、ほとんどの四足獣に勝てない。

「わ、わわっ」

今日次は狼狽《うろたえ》えながらも、懐《ふところ》から取り出したものを、熊めがけて投げつけた。白い卵だ。

そいつが、熊の鼻先に命中すると、割れて中身の粉が飛び散る。羆は急停止すると、吠えながら、自分の顔を前肢で掻きむしった。

「へへ、目潰し玉を用意しといたのは、正解だったぜっ」

さらに、今日次は二つ目を投げる。

卵の中身を吸い出して、唐辛子粉や山椒《さんしょう》粉、砂、鉄粉、芥子《けし》粉などを入れたもので、本来は捕物用の武器だ。相手が熊を運んでいると聞いて、念のために江戸を出る前に用意しておいたのだ。

二つ目の目潰し玉は、羆の右顔面に当たり、その中身が右目に入る。餌になるはずの人間に嗅覚《きゅうかく》と視覚を奪われた羆は、吠え狂った。

その間、嵐四郎は抜刀《ばっとう》して、金蛾の方へ向かっていた。

「おおっ」

左へ逃げた嵐四郎が、こちらへ向かって来るのを見て、金蛾は驚いた。反射的に、熊槍を突き出す。

嵐四郎は、柄を切断しないように、大刀の峰で熊槍を弾き上げる。そして、金蛾を袈裟《けさ》懸《が》けに叩き斬った。

血反吐《ちへど》をはいて倒れる雲水には目もくれず、嵐四郎は大刀を鞘に納めて、熊槍を手にした。

長脇差を抜いた今日次の方は、金茶色の野獣を攻めあぐねていた。

長脇差の間合まで近づけば、吠え狂う羆の前肢の攻撃圏に入ることになるのだ。それに、下手に突いたりしたら、刃が折れてしまう危険がある。

「今日次、動くなっ」

嵐四郎は叫んだ。嗅覚と視力を奪われていたが、聴覚は無事だから、羆は、その声の方を向いた。

またも咆哮して、二本足で立ち上がる。それが、嵐四郎の期待していた姿勢だった。人喰い羆の懐に飛びこむと、胸に槍穂を突き立て、深々と抉《えぐ》る。

心の臓を破壊され、鳥兜草の毒が急速に浸透した羆は、仰向《あおむ》けに倒れた。

「旦那……お手柄ですね」

荒い息を吐きながら、今日次が言う。

「こんなでかい奴を、よくもまあ、一突きで仕留められたもんだ」

「いや、毒槍だったからな」

嵐四郎も、全身が冷たい汗にまみれていた。

「あいつが熊を呼ぶ前に、槍穂を出しただろう。しかも、何かが塗ってある色だった。だから、熊が暴れた時のための毒が塗ってあると気づいたのだ」

「それにしたって、こいつの懐に飛びこむんだから……大した度胸だ。旦那にはかなわねえや」

九死に一生を得た今日次は、力無く笑う。

「さて、と」

嵐四郎は着物の乱れを直して、

「いよいよ、不動にご対面といくか」

## 7

地獄谷温泉は、上林村を通り抜けた奥の奥にある。

奈良時代の名僧で、最初の日本地図を作った行基《ぎょうき》が、旅の途中にこの温泉を見つけたのだといわれる。

泉質は、食塩含有の石膏性苦味泉《せっこうせいくみせん》。この付近の温泉の源泉である。

かつては、ここに佐賀屋《さがや》・田崎屋《たざきや》・亀野屋《かめのや》という三軒の湯宿があった。しかし、今から四十年ほど前に、いかなる事情からか五人の男女が死ぬという刃傷沙汰《にんじょうざた》があったため、閉鎖されたのであった。

深いV字型に切れこんだ谷で、河原は黄色っぽく、湯煙が漂っている。三軒の湯宿は、廃屋と化していた。

河原の真ん中に、黒い塗り笠の男が立っていた。割羽織に裁っ着け袴という姿だ。頑丈そうな軀つきである。

一人だけだ。熊檻を運んでいた人足たちは逃げてしまったのだろう。

結城嵐四郎は、ゆっくりとその男に近づいて、

「不動――だな」

「結城嵐四郎と見た。裏の世界に闇目付と名乗る腕利きがいるとは、噂に聞いていたが」

錆《さ》びたような低い声だ。不動は黒い塗り笠を取ると、それを遠くへ捨てた。

「貴公がここへ来たということは、金蛾も人喰い熊も倒されたということか。大した男だな」

「待てよ、熊退治には俺様も手を貸してるんだぜっ」

嵐四郎の後ろから来た今日次が、不満そうに言う。

「其《そ》の方《ほう》は」

「大神の今日次。賞金稼ぎよ。お前さんを叩き斬って、藤姫様を連れて帰れば、金沢藩から、たっぷりとご褒美《ほうび》がいただけるって寸法さあね」

不動は、わずかに唇の端を持ち上げて、

「なるほど……だが、それは間違いだ」

「何っ？　間違いだと？」

「今日次とやら。ここは何処《いずこ》だ」

「馬鹿にするない。信州の地獄谷だろうが」

「そうだ。関八州からも外れた信濃国松代《まつしろ》藩領だ。ここに、藤姫はいる。それがどういうことか、其の方にはわからぬか」

「そうか……」

嵐四郎は、唸るように言った。

「藤姫を江戸から遠く連れ出す……金沢藩が法度破りをしたことになるな」

三代将軍家光が寛永十二年に発布した武家諸法度によれば、大名は一年ごとに江戸と領国に住まねばならない。

領国から江戸へ出るのが参勤、江戸から領国へ帰るのが交代、合わせて〈参勤交代〉と呼ばれる制度だ。

これにともなって江戸置邸妻子収容の法というものがあり、大名は、その妻子を──幕府への人質として──江戸藩邸に住まわせねばならない。

ごく少数の例外があるが、これも参勤交代と同じくらい重要なことであった。なぜなら、妻子を江戸から出す、領国に帰すということは、幕府に対して反逆の意志があるという証拠になるからだ。

だからこそ、箱根《はこね》の関所では〈入り鉄砲に出女《でおんな》〉といわれるように、江戸の方から来て西へゆく女を厳しく吟味したのである。

「いかにも」不動は満足そうに微笑む。

「これが朱引き内を出たくらいなら、まだ言い訳ができたであろうが、関八州を通り過ぎて信州まで来たとあっては、もう、どうにもならぬ。拙者は金沢まで連れてゆくつもりであったが、ここまで来ただけでも金沢藩潰しの目的は十分に達せられるのだ。あとは、松代藩の陣屋《じんや》の庭先へでも藤姫を放り出せば、な」

「江戸幕府開闢《かいびゃく》以来の大事件になるだろう……」

二人の話を聞いていた今日次は、目を剥《む》いて、

「おいおい、そんな大《だい》それたことをしでかして、お前さんにどんな得があるってんだっ」

「損得ではない、復讐だ」と不動。

「これは弟の仇討ちなのだ」

「仇討ち……」

それを聞いた嵐四郎は、複雑な表情になる。

「ここまで追って来た褒美に、聞かせてやろう。いや、誰かに聞いて欲しいのかも知れぬな」

不動は苦笑して、

「拙者は、かつて、金沢藩新番組として百三十石を貰っていた。伊八郎《いはちろう》という弟がいてな、鉄砲方百八十石の津田《つだ》家に後継がないので、そこへ養子に入った――」

金沢藩十二代藩主の斉広は、就任当時は藩政改革の熱意に燃えていた。前藩主の行

った借知によって生活が困窮している藩士たちを救済し、風俗の引き締めを図った。ところが後年になると、斉広自身が能に熱中し、経済も風紀も乱れ放題になってしまった。そして、前《さき》にも述べたように、文政五年に気鬱の病を理由に隠居して、息子の斉泰に家督を譲ってしまう。

それでも、藩士の非行や風紀の乱れに心を痛めていた斉広は、隠居所の竹沢御殿に若い藩士たちを集めて教戒を行なうことにした。

この時、教諭方《きょうゆかた》として一切を取り仕切ったのが、寺島蔵人《てらしまくらんど》である。

蔵人は藩校である明倫堂の句読師《くどくし》から出世して、高岡《たかおか》町奉行、改作奉行などを勤めたが、藩の農政を批判して遠慮を申し渡されていた。

それが、突然、馬廻り頭に任ぜられ、その翌日には竹沢御殿に呼び出されて、前藩主の斉広に教諭方を任されたのである。

蔵人は全身全霊でこの仕事に取り組み、彼を慕って竹沢御殿に集まる若侍も次第に増えていった。津田伊八郎も、その一人である。

ところが、その最中の文政七年に肝心の斉広が麻疹で倒れ、ついに卒去したのである。

後見を失った蔵人であったが、その二カ月後には、藩の年寄六人に向かって、〈口《こう》達之覚《たつのおぼえ》〉という藩政批判と改革の文書を提出した。

翌年三月、蔵人は役儀を罷免《ひめん》され、逼塞《ひっそく》を命じられた。門を閉ざして、昼間の出入りを禁ずるという処分である。

だが、逼塞処分の前に、蔵人暗殺の計画があった。年寄の中でも斉広時代に冷遇された木村伊織《きむらいおり》が首魁《しゅかい》であった。

それを察知した蔵人は病気療養の願いを出して、一時、身を隠した――。

「その時……弟の伊八郎が、五人の刺客に捕らえられ、寺島蔵人の隠れ家を白状するように責められた。爪はがしから始まった責め問いは三日三晩続き、ついに弟は死んだ。遺骸は、裏も表もわからぬほどに惨《むご》たらしいものであった。弟に答えられるはずがない。蔵人の隠れ家など、知らなかったのだから……」

不動の巌のような顔が、哀しみと憤怒で歪《ゆが》む。

「弟の初七日を終えてから、俺は妻を離縁して、子も養子に出した。そして、弟を拷問《ごうもん》して殺した五人を捜し出し、斬り捨てた。木村伊織の首も狙ったが、これは果たせなかった。俺は逐電《ちくでん》し、江戸へ出て不動と名を変え、裏の世界に入った」

「だが、五人の刺客を斬っただけでは、怒りが納まらぬというわけか」

「できることなら、一人ずつ三日三晩かけて責め殺したかった。それに、張本人の伊織はのうのうとしている……悪いのは、この六名だけではない。金沢藩百万石の体制が、弟を殺したのだ。だから……今度は、拙者が金沢藩を殺す！」

「本気かよ、おい……」

呆《あき》れたように、今日次が呟く。

「お前の気持ちはわかった。だが――」

嵐四郎は大刀の鯉口《こいくち》を切った。

「金沢藩がどうなろうと、俺には関係ない。二年前、くるま講にかけられて死を選んだ小夜は、俺の妹だ。ただ一人の大事な妹だった……俺は、この時を待っていた」

血を吐くような声であった。

「抜け、不動！」

「うむ、しばし待て」

不動は掌《てのひら》ほどの大きさの平たい石を拾うと、帯から下げていた矢立《やたて》で何かを書いた。

そして、書いた面を下向きにして、嵐四郎の前の河原に置く。

「この石に、藤姫の隠し場所を書いた」

「隠し場所だとっ」

今日次が身を乗り出す。

「そこは密閉したから、早くて四半刻《しはんとき》、遅くても半刻ほどで、姫は息が詰まって死ぬだろう」

「な、何だってっ」

「だが、救い出して密かに江戸に連れ帰ることができれば、其の方の言うとおり、金沢藩から一万両でも五万両でも好きなだけ搾り取れる」

「…………」

大神の今日次の目は、欲望に輝いていた。

「だが、結城嵐四郎は、それを許さぬだろう。さあ、どうするのだ」

今日次が、ぱっと後方へ跳び下がった。狂おしい目で、嵐四郎と不動を交互に見る。

「今日次、つまらん考えは捨てろ」

「旦那……捨てるには、ちっとばかり桁《けた》が大きすぎますさあ」

「四分六ではなかったのか」

「欲が絡《から》めば、五分にもなりますよ」

ぎろりと不動の方を見て、

「そこに書いてあることは、本当なんだろうなっ」

「うむ。武士に二言はない。欲しいものは、己れの腕で摑《つか》みとれ。それが裏稼業の掟だ」

不動も満足げに、ゆっくりと後ろにさがった。仕方なく、嵐四郎も、静かに後ろにさがる。

ついに、平たい石を中心にして、三人が三間ほどの距離を置いた。嵐四郎と今日次は、柄に手をかけているが、不動は両手を垂らしたままだ。

三人とも、残りの二人を見やったまま、動かない。

無言の河原に、地の底からごぼごぼという音が響き渡る。次の瞬間、河原の奥の噴出泉から、熱湯の柱が噴き上がった。

今日次が、嵐四郎の方に走った。

「ちいっ」

左の逆手で抜刀しつつ、右肩から河原に身を投げ出す。嵐四郎の刀をかわしつつ、彼の足を断つという策だ。

が、嵐四郎は跳躍した。跳躍して、木曾狼の長脇差をかわしつつ、彼を飛び越えて抜刀し、不動に迫る。

嵐四郎が上段から振り下ろした大刀を、不動は、抜刀して受け止めた。受け止めた肉厚の刀の峰に、左の前腕部を密着させて、そのまま力まかせに押し切る。

「むっ」

大刀を弾かれて斬られそうになった嵐四郎は、危うく軀を開いて、これをかわした。かわしたが、噴出泉の湯で濡れた石で滑って、態勢を崩す。

そこへ、背後から今日次が、順手に持ち直した長脇差で諸手突きに飛びこんできた。

「ぐぅ……………っ！」

呻いたのは、嵐四郎ではなく、不動であった。長脇差が、深々と水月《すいげつ》に突き刺さっている。嵐四郎の軀の陰に隠れて、今日次の突きに気づくのが遅れたのだ。

が、腹部を貫かれながらも、不動は、左手で今日次の右手首を摑んだ。凄い握力だ。

「う……？」

今日次は長脇差を抜き取ろうとしたが、不動は彼の手首を放さない。そして、右手の大刀を振り上げた。このままでは、縦一文字に斬り割られてしまう。

「ぬ、おおおぅっ」

両眼を真っ赤にして、不動が大刀を振り下ろそうとした時、嵐四郎が今日次に体当たりした。

今日次の軀を弾き飛ばしながら、右手の剣を一閃《いっせん》させる。

不動の首と右腕が、宙に飛んだ。

血の尾を曳《ひ》いて、一間ほど先に落ちる。ついで、首なしの軀が前のめりに倒れた。醬油樽《しょうゆだる》を倒したように、勢いよく血が流れ出し、河原の石の間に吸いこまれる。一部は、横湯川に流れこんだ。

血振した嵐四郎は、臀餅をついている今日次に目をやって、

「どうする。まだ、やるか」

今日次は弱々しく首を横に振った。

「とんでもねえ。この大神の今日次は、命の恩人に刃を向けるような人でなしじゃござんせんよ」

「そうかな」

「そうですとも」

立ち上がった今日次は、不動の軀から長脇差を抜いて、

「最初の一撃だって、本気じゃねえんだ。旦那と仲間割れを起こしたと見せかけて、不動の野郎を油断させる兵法《ひょうほう》ってやつでさあ。上手くいったでしょ」

「ふむ。そういうことにしておくか」

納刀した嵐四郎は、不動の首を見てから、頭《こうべ》を垂れて目を閉じた。

（小夜……待たせたな。お前の仇敵は、この兄が討ったぞっ）

ややあって、「旦那……」と今日次が遠慮がちに声をかけてきた。目を開くと、今日次は例の石を手にしている。

「わかりましたぜ。田崎屋って湯宿の台所です。青物入れの中だそうです」

「あの建物だな」

二人は、急斜面にへばりつくように建っている廃屋の中に入った。

台所の板の間に、泥で目張りをした部分がある。その泥をのけると、板が何枚か外れるようになっていた。

野菜の貯蔵庫である。その底に、小さな女の子が白い肌襦袢姿で倒れていた。

「おい、しっかりしねえっ」

今日次が、藤姫を救い出した。切り下げ髪の可愛い女の子で、眠っている。

「泣き出さないように、眠り薬を飲まされているのだろう。だが、無事で良かった」

そう言った嵐四郎の顔が、はっと強《こわ》ばった。

「旦那。どうか、しましたかい」

「その襦袢を脱がせてみろ」

「へ？　こうですか……」

何が何だかわからぬという表情で、今日次は藤姫の襦袢を脱がせた。そして、その背中を見て、心底、仰天する。

「だ、旦那……これ、切支丹《キリシタン》の……十字架の……」

藤姫の小さな背中一杯に、十字架の彫物があったのである。まだ筋彫りだが、図柄が十字架であることは明白だ。

「不動め……何という執念だっ」

万が一、藤姫を江戸から連れ出すという策が破れた場合に備えて、不動は誘拐直後に、姫の背中に切支丹の印《しる》しを刻んでおいたのだ。

藤姫が本当に切支丹かどうかは、問題ではない。百万石の太守《たいしゅ》の妹の軀に十字架があるという事実が、破滅的なのだ。

嵐四郎は、地獄の底で不動が高笑いしているのを聞いたような気がした。

「――おい」

きっ、と嵐四郎は今日次を見る。

「囲まれているぞ」

「ええっ」

羽目板の隙間から外を見ると、鶯《うぐいす》色の忍び装束を着た男たちが立っている。見えるところだけで、五、六人はいるから、総勢で三十人は下るまい。

「中の者に告ぐ。我らは、金沢藩以呂波《いろは》衆じゃ」

忍び装束の頭領らしき男が言う。

「外へ出てきて、その娘を渡せ。さすれば、命だけは助けてやろうぞ」

「藤姫をどうするのだ！」

嵐四郎が訊いた。

「藤姫様は、すでに病死の届けがご公儀に出されておる。その娘は身よりのない邪宗門、我らが丁重に葬《ほうむ》ってやるわい」

「藩の存続のために、主君の妹を……何の罪もない六歳の童女を殺そうというのか。外道め………」

復讐の鬼・不動よりも、金沢藩の方が、さらに外道であったのだ。嵐四郎は、今日次の肩を掴むと、

「姫を守れ。隙を見て、お前は逃げるのだ。これは命令だぞ、良いなっ」

それだけ言うと、返事も聞かずに勝手口から飛び出す。

「旦那っ」

背中に今日次の声を聞きながら、河原へ出た。見渡すと、敵は三十名を四、五人上まわっているようだ。

嵐四郎が手ぶらなのを見て、頭領の顔に怒りが走る。

「逆らうか、素浪人っ」

嵐四郎は、にっと嗤って大刀を抜いた。右八双に構えて、

「俺は闇目付、見えぬ涙を見て、聞こえぬ悲鳴を聞いて、言えぬ怨念を叫ぶ者だ……破邪の剣の露《つゆ》と消えたくば、かかって来い！」

生きてこの地獄谷を出られる自信は全くないが、瞼の裏にお凛の面影を見ながら、結城嵐四郎はまず、最初の一人を叩き斬った。

翌年――天保元年七月、先代藩主七回忌の恩赦として、寺島蔵人は逼塞を免除され

た。

しかし、再び藩の役職につくことがないまま、大凶作が起こった天保七年十一月には能登島に流刑となった。

そして、翌年の九月、赦免の日を待ちわびながら、流刑地で病死している。享年六十一。

なお、地獄谷の死闘から数カ月後――金沢で初雪が降った日、木村伊織は兼六園へ見物に出かけたが、その帰り道、何者かに真っ向う唐竹割りに両断されて、死亡した。

伊織を斬った下手人は、ついに捕まることがなかったという――。

〈参考資料〉

『江戸の町役人』吉原健一郎（吉川弘文館）
『おれの二風谷』萱野茂（すずさわ書店）
『寺島蔵人と加賀藩政』長山直治（桂書房）
その他

## あとがき――時代劇映画雑感――

私がＣＳ放送で昔の時代劇を見まくっていることは、以前に別の作品のあとがきでも書いた。で、今年の春、勝新太郎《かつしんたろう》の代表作で大映京都の看板作品である『座頭市』シリーズを録画しながら見ていたら、奇妙なことに気づいた。

尺数――つまりランニング・タイムが、やたらと短いのである。

昭和三十七年の第一作『座頭市物語』から昭和四十三年の第十九作『座頭市喧嘩太鼓』までで、モノクロの第一作が九十六分、カラーの第十五作『鉄火旅』が九十三分、勝プロダクション初製作の第十六作『牢破り』が九十五分だが、他はみんな、九十分以内なのだ。具体的には、次の通り。

第二作『続・座頭市物語』　七十三分
第三作『新・座頭市物語』（ここからカラー）　七十三分
第四作『座頭市兇状旅』　八十六分

第五作『座頭市喧嘩旅』　八十八分
第六作『座頭市千両首』　八十三分
第七作『座頭市あばれ凧』　八十二分
第八作『座頭市血笑旅』　八十七分
第九作『座頭市関所破り』　八十六分
第十作『座頭市二段斬り』　八十四分
第十一作『座頭市逆手斬り』　七十八分
第十二作『座頭市地獄旅』（成田三樹夫《なりたみきお》が時代劇初出演）
八十七分
第十三作『座頭市の歌が聞こえる』（こんなタイトルのくせに歌は入らない）
八十三分
第十四作『座頭市海を渡る』　八十二分
第十七作『座頭市血煙り街道』　八十七分
第十八作『座頭市果し状』　八十二分
第十九作『座頭市喧嘩太鼓』　八十二分

最強の敵・近衛十四郎《このえじゅうしろう》を迎えて日本チャンバラ史上屈指の殺陣《たて》が展開される『血煙り街道』ですら八十七分なのには、驚かされる。

第二十作が百十六分と長いのは、三船敏郎《みふねとしろう》との共演で岡本喜八《おかもときはち》が監督した半分東宝映画の『座頭市と用心棒』だから、例外。岸田森《きしだしん》の殺し屋や米倉斉加年《よねくらまさかね》の白塗り親分などの脇のキャラは面白かったけれど、肝心の両雄の対決が……。

この第二十作から製作が正式に勝プロになって、

第二十一作『座頭市あばれ火祭り』　九十五分

第二十二作『新座頭市／破れ！　唐人剣』九十五分

この二本は、大映と日活が手を組んだダイニチ配給。この後の三本が東宝配給だ。

第二十三作『座頭市御用旅』　九十分

第二十四作『新座頭市物語／折れた杖』　九十二分

四本とも、九十分を超えている。昭和四十八年の第二十五作『新座頭市物眼／笠間の血祭り』だけが、八十八分だ（ＴＶシリーズを経て、この十六年後に製作され松竹系で公開された勝新ワンマン映画『座頭市』は百二十四分だが、これもまた別格であろう）。

では、大映京都のもう一つの看板作品、市川雷蔵《いちかわらいぞう》の『眠狂四郎』シリーズは、どうであろうか。こっちはさすがに、昭和三十八年の第一作から昭和四十四年の第十二作まで全作品カラーだが、尺数は次の通り。

第　一　作『眠狂四郎殺法帖』　八十二分

第二作『眠狂四郎勝負』　八十三分
第三作『眠狂四郎円月斬り』　八十五分
第四作『眠狂四郎女妖剣』　八十一分
第五作『眠狂四郎炎情剣』　八十三分
第六作『眠狂四郎魔性剣』　七十五分
第七作『眠狂四郎多情剣』　八十四分
第八作『眠狂四郎無頼剣』　七十九分
第九作『眠狂四郎無頼控／魔性の肌』　八十三分
第十作『眠狂四郎女地獄』　八十二分
第十一作『眠狂四郎人肌蜘蛛』　八十三分
第十二作『眠狂四郎悪女狩り』　八十一分

一応、この後に松方弘樹《まつかたひろき》主演の『円月殺法』と『卍斬り』があるのだが……まあ、それはともかく。巨匠・伊藤大輔《いとうだいすけ》が脚本を書き、演出は三隅研次《みすみけんじ》、最強の敵（こればっかり）・愛染《あいぜん》が登場して、シリーズの最高傑作といわれる『無頼剣』が、たったの七十九分！　ほとんど、ＳＰ（添え物映画）に毛の生えたような尺数である。

ちなみに、天知茂《あまちしげる》が演じたスーパーテロリスト愛染は、たった一度見ただけで狂四郎の円月殺法を会得してしまうという、まさに怪物。五分月代《さかやき》に黒の着流しの狂四郎に対して、総髪、白ずくめの衣装で、貫禄充分だった。何よりも驚いたのは、隣室に間者《かんじゃ》がいると気づいて、いきなり大笑しつつ、槍《やり》で突き刺す場面の不気味さ。そして、今や語りぐさとなっている最後の屋根の上の決闘の端正な美しさ。

思えば、天知茂という俳優は、新東宝の『東海道四谷怪談』では世界最高の伊右衛門を演じ、『座頭市』第一作の平手造酒で勝新太郎と五分にわたり合い、『無頼剣』で雷蔵と五分、『犬』シリーズでは、うどんのつゆだけを注文する（！）元祖『刑事コロンボ』のような不精髭《ぶしょうひげ》の貧乏刑事を演じて主演の田宮二郎《たみやじろう》を喰い、東映の任侠《にんきょう》大作『博徒』では、権力を利用してのし上がろうとするクールな悪親分を演じて、鶴田《つるた》浩二《こうじ》を圧倒した。この悪親分、他の任侠物の悪玉と一線を画するのは、鶴田浩二は警察が始末するから無用の喧嘩はするな——と黒幕から諫《いさ》められると、「俺たちを何だと思ってるんだ。ヤクザの揉め事は喧嘩でケリをつけるんだ」という見事な啖呵《たんか》を切るのである。さらに付け加えると、新東宝の『女吸血鬼』では、本邦初の本格的なヴァンパイアを演じて、後の東宝の『血を吸う』シリーズの岸田森と甲乙つけがたい強烈な印象を残した。

これほど名優でありながら、イタリアから来た狼男が戦国時代の京で暴れまわるという怪作『狼男とサムライ』を自分のプロダクションで製作・主演して、これが遺作になったのだから、本当に懐《ふところ》の深い人である。

閑話休題——雷蔵の『狂四郎』シリーズを、ほぼ同時期の東映京都の時代劇と比較してみよう。市川右太衛門《いちかわうたえもん》の『旗本退屈男』の主なものを拾うと、

第二十二作『旗本退屈男／謎の蛇姫屋敷』　九十四分
第二十三作『旗本退屈男』（市川右太衛門三百本記念作品）百八分
第二十七作『旗本退屈男／謎の暗殺隊』　八十三分
第二十九作『旗本退屈男／謎の珊瑚屋敷』　八十八分
第　三十　作『旗本退屈男／謎の龍神岬』（最終作）　八十九分

大体、九十分前後になっている。中村錦之助《なかむらきんのすけ》（萬屋《よろずや》錦之介）主演、伊藤大輔監督の『宮本武蔵』五部作などは、最短の第三作『二刀流開眼』でも百四分、最長の第四部『一乗寺の決闘』が百二十八分だ。

比較的地味な月形龍之介《つきがたりゅうのすけ》の『水戸黄門漫遊記』シリーズでさえ、

第十一作『水戸黄門漫遊記』（月形龍之介映画生活三十五年記念作品）九十八分
第十三作『水戸黄門』（これもオールスター作品）　九十四分
第十四作『水戸黄門／助さん格さん大暴れ』（最終作）　九十一分

ご覧のように、九十分を超えている。

なお、第十三作は私の大好きな作品で、これに出てくる大友柳太郎《おおともりゅうたろう》の浪人者が、私の『ものぐさ右近』のイメージの原点だ。この浪人者に、山中貞雄《やまなかさだお》監督の傑作『丹

下左膳餘話／百萬両の壺』の大河内伝次郎《おおこうちでんじろう》をミックスさせている。

話を元に戻して、もっと直接的な比較をすると、中里介山《なかざとかいざん》の『大菩薩峠』は、東映で片岡千恵蔵《かたおかちえぞう》によって二度、大映では市川雷蔵で、双方とも三部作として大作映画化されているが、東映カラー版の尺数が百十九分・百五分・百六分なのに、これが大映版だと百五分・九十分・九十八分となる。

どうして、こんなに大映時代劇は短いのだろう……と思っていたら、尺が短いだけじゃない、よくよく見るとセットも狭いのである。

たとえば、『眠狂四郎』で町道場が出てくると、東映のそれの半分、下手すると三分の一くらいの広さしかないのだ。それに、『眠狂四郎』には大奥こそ出てくるものの、諸大名が勢揃いする江戸城・謁見《えっけん》の間《ま》の豪華なセットや、どこまで続くのかわからないほど長い大名行列などは、出てこない。

さらに、『座頭市』に至っては、『海を渡る』では四国くんだりまで行っているくせに、当然、舞台になってしかるべき江戸や名護屋などの大都市は出てこない。甲府にさえ行かない。城が出てこない。だから、オープンセットは街道の宿場町ばかりである。必然的に、出てくるのは貧乏な町人か百姓かヤクザがほとんどだから、衣装もひたすら地味に地味を重ねたようなものばかり。ただの町娘が大大名のお姫様と見間違うばかりの美麗豪準な簪《かんざし》着物姿で登場する東映時代劇とは、えらい違いである。

要するに――大映には金がなかったのだ。

尺が短い方が製作費も少なくて済むのは当然として、たぶん、客の回転も良かったのだと思う。昭和三十年代の映画館は、日曜日や祝日の朝は九時半くらいから、夜は十一時近くまで上映していた。だから、二本立てのプログラムで東映よりも上映時間を二十分か三十分ほど短くすれば、単純計算で大映は一日で一回転か一回転半くらい、東映よりも多く客の入れ替えができることになる。

それでも、長谷川一夫の作品は、たとえば『地獄門』や『銭形平次捕物控／八人の花嫁』のように、それなりに金がかかっていたが、彼は昭和三十八年の三百本記念大作『雪之丞変化』（百十三分）を最後に、大映を退社する。同じ年に、『新・座頭市物語』と『眠狂四郎殺法帖』が作られているのが、興味深い。

そうやって大映は、「バットは短く持ってコツコツ当てる」という高校野球のセオリーのようにして貯めた金を、まるで鬱憤《うつぷん》ばらしのように『大仏開眼』や『釈迦』や『秦・始皇帝』などの超大作に、ドーンと注ぎこんだわけだ。

しかも、東映京都には、片岡千恵蔵・市川右太衛門の両御大《おんたい》を筆頭に、中村錦之助・大川橋蔵《おおかわはしぞう》・大友柳太朗・東千代之介《あずまちよのすけ》・美空《みそら》ひばり・月形龍之介と時代劇専門の八大スターが揃っている。これに一軍半的な近衛十四郎・松方弘樹・里見浩太朗《さとみこうたろう》・若山富《わかやまとみ》三郎《さぶろう》・鶴田浩二・中村賀津雄《なかむらかつお》（中村嘉葎雄）・山城新伍《やましろしんご》・品川隆二《しながわりゅうじ》・高田浩吉《たかだこうきち》まで含めると、十七大スターという大所帯だ。しかも、吉田義夫《よしだよしお》や薄田研二《すすきだけんじ》など悪役俳優も実に豊富である。大河内伝次郎までいる。

　これに対して、大映京都のスターは、長谷川一夫が退社すると市川雷蔵と勝新太郎しかおらず、さらに時代劇専門ではなく現代劇とかけもちである。しかも、その雷蔵が病魔に倒れると、勝新ただ一人という崖っぷち状態。

　それを補強するために昭和三十四年に本郷功次郎《ほんごうこうじろう》をデビュウさせたのだろうが、『鯨神』の漁師のような肉体派の役ならともかく、山本富士子《やまもとふじこ》と共演した『千姫御殿』の若侍は困ったものだった。中年を過ぎてからのＴＶの『特捜最前線』などは貫禄があって良かったが、当時の本郷功次郎には、時代劇スターとして不可欠の着物姿の〈色気〉が不足していたのである。『赤胴鈴之助』シリーズの梅若正二《うめわかしょうじ》がトラブルを起こさず、長谷川一夫の息子の林成年《はやしなりとし》がもう少し父親似だったら、大映五大スターとなっていただろうが……。

　だが、しかし。

　大映のスタッフは、役者たちは、この圧倒的に不利な状況を逆手にとり、絢爛豪華でファンタジックですらあるご家族向けの東映時代劇に対して、リアルで渋い大映ならではの深みのある作品を生みだしていったのだ。

　その代表は、無論、『座頭市』シリーズであろう。あんな汚い格好をした主人公は、東映にはいない。そもそも汚い衣服といっても、東映の場合、〈汚く見えるもの〉であるのに、大映の場合は、本当にドブで煮染めたような衣装なのである。森一生《もりかずお》監督の『続・座頭市物語』に登場する城健三郎（若山富三郎）の、ヨレヨレとしか表現しようのない薄汚い浪人姿、あれこそが大映京都のリアリズムの典型であろう。しかも、斬られてすぐにパタリと死ぬのではなく、出血多量で発熱して苦悶《くもん》した挙げ句に、脂汗まみれになって絶命するのだ。

広大なセットの隅々にまでライトが煌々《こうこう》と均一に当たっているような東映時代劇に比べて、大映時代劇は、ひたすら渋く陰影の深い画面が多い。私の友人は「夜の闇を本当に黒として撮ったのは、大映時代劇だけだ」と指摘している。

ここまで書いて思い出したのだが――ずいぶん前に、私が森監督と名キャメラマンの森田富士郎《もりたふじろう》さんにインタビュウをした時、「東映時代劇が太陽が照りつける真夏のイメージだとしたら、大映時代劇はもの悲しい秋ですね」と言ったら、どちらが言われたのか失念したが、「そうだね。セットも役者の芝居も、そういうリアリズムを狙ったからね」と首肯された。さらに森田さんは、「新品の瓦は雲母《うんも》がピカピカ光って安っぽく見える。だから、時代劇では古い瓦しか使えない。そんな瓦とか、長年使い古した衣装とか、そういうものが大映京都撮影所の本当の財産なんだ」と言われたのである。

若い頃の私は、そんなクールな映像の大映時代劇が心底、大好きだった。だが、中年になると、きらびやかな東映時代劇の面白さも、次第にわかってきた。特に大川橋蔵と市川右太衛門の陽性の色気には、いつも感心させられている。

しかし、物量と華やかさで大映を凌《しの》いだその東映の時代劇も、東宝の『椿三十郎』のクライマックス、仲代達矢《なかだいたつや》から噴き上がる血柱のド迫力に打ちのめされて、ファミリー・ピクチュア路線から男性相手の血で血を洗う集団時代劇、残酷時代劇、官能時代劇へと変質したが、ついには着流し任侠路線に切り替える。

映画は、原則として夢の要素がないと路線にならない。リアリズムのはずの大映時代劇でも、鶴のように痩身の狂四郎が何十人を相手にしても息も切らさず着物も乱れない、盲目の座頭市が目あきの剣豪よりも強いという非現実的な要素があって、初めて娯楽作品たりえたのである。チャンバラを主体にした集団時代劇はともかく、白黒画面に怒濤《どとう》のように真っ黒な血が噴出する残酷時代劇は、見る側に何のカタルシスもなく、すぐに観客を辟易《へきえき》させた。昔の観客に比べれば暴力描写に慣れているはずの我々が今、見ても、「勘弁してください」と泣きたくなる内容だ。先に挙げた私の友人でさえ、「『武士道残酷物語』は、もう一生見ない」と言っているくらいだ。私も『幕末残酷物語』は、たぶん、二度と見ないだろう。

たまに思い出したように低予算時代劇を作りつつ、明治・大正・昭和初期を舞台にした任侠路線を貫いていた東映だが、これが下火になると、深作欣二《ふかさくきんじ》監督の『仁義なき戦い』の大ヒットによって、今度は敗戦直後から現代を舞台にした〈実録路線〉へと切り替えた。

ところが、この実録路線、残酷時代劇と同じで、アッという間に行き詰まる。現実のネタの少なさもあるが、要は刺激が強いだけのリアリズムでは映画はもたないのだ。夢の要素がなければ、観ている客がしんどくなってしまうのである。だから、企画の混迷を乗り越えて、家田荘子《いえだしょうこ》原作、五社英雄《ごしゃひでお》監督の『極道の妻《おんな》たち』がヒットして、ようやく東映に女極道路線がしかれた。この作品には「美女が抗争の指揮をとる」という非現実性があったので、シリーズ化できたのだ。

大映の方はといえば、市川雷蔵を昭和四十四年に失い、その二年後に倒産。もしも雷蔵や大映が健在であれば、我々は雷蔵の『木枯し紋次郎』や勝新太郎の『仕掛人梅安』をスクリーンで観ることができただろうに……。

だが、倒産後に大映京都のスタッフが作った映像京都が中心となって、TVで『市《いち》川崑《かわこん》劇場／木枯し紋次郎』を大ヒットさせた。さらに、東映と大映に比べれば著しく注目度が低かった松竹時代劇（森美樹《もりみき》が事故死しなければなあ……この人の狂四郎が観たかった）のスタッフも、『紋次郎』の対抗馬として製作された『必殺仕掛人』をヒットさせて、TV時代劇の映像表現にとてつもない影響を与えたのである。

――と、今まで述べたようなことは、年輩の時代劇ファンにとっては、周知のことかも知れない。だが、私は、漫画とアニメーションにも同じ事がいえると思う。

アメリカ漫画――カートゥーンは、原則としてカラーである。しかし、日本の漫画はモノクロが主体で、巻頭や表紙にカラーや二色が加わるだけであった。

だが、敗戦直後に手塚治虫《てづかおさむ》という大天才が登場し、モノクロの画でカラーに匹敵する表現をしようとしたのである。白い画面と黒く塗りつぶしたベタ、斜線による薄闇、それと薄墨くらいだった表現に、手塚治虫とその後輩たちは、集中線、スピード線、カケアミ、点描、ベタフラッシュなどの様々な手法を考え出したのだ。モノクロで、黒と赤をどう区別するか。金塊の輝きを、どう描写するか。爆発の炎と煙と風を、どうするか。包帯に血が滲《にじ》んだのを、薄墨を使わずにペンだけで、どう表現するか。太陽光線そのものを、どうやったら画にできるか……。水墨画の伝統があったことも、プラスになったろう。

そのような画法とは別に、華やかさに欠けるモノクロであるがゆえに、日本の漫画は必然的にドラマ性を追求することになった。大映時代劇が東映時代劇に対抗してとった解決策と全く同じである。大胆に言い切ってしまえば、カートゥーンは〈絵物語の進化形〉であり、漫画は〈ペンで描く映画〉なのだ。

アメリカのカートゥーンが美しく力強く正確なデッサンに基づいた華麗で豪華なス

ーパーヒーロー物を量産している時代に、日本では数多くの漫画家たちが、モノクロ描写術の追究とキャラクターの掘り下げやドラマの作りこみに心血を注いでいたのである。必然的に、それは、読者年齢を拡大させることとなった。この流れの中で、『巨人の星』や『あしたのジョー』、『火の鳥』、『ゴルゴ13』、『美味《おい》しんぼ』、『沈黙の艦隊』などの名作が生まれたのである。勿論、究極の少年漫画である『ドラゴンボール』も、映像を越えた時代劇画『子連れ狼』もだ。

アニメーションも、また同様である。

欧米では、ディズニーのフルアニメが主流だった。が、日本では、『白蛇伝』から始まる東映アニメ映画こそ金のかかるフルアニメだったが、セル画の枚数を制限したリミテッドアニメによるTVの『鉄腕アトム』がヒットすると、金のかからないそちらが主流となった。

枚数が少ないということは、細かい動きで映像の厚みを出すことができないということである。したがって、動きではなく、カット割りのテンポやセンス、そしてキャラクター性とドラマ性を追求することになった。そして、わざと実写を真似た手法——太陽が構図に入るとハレーションが起こる、自動車が走るとヘッドライトの光の残像が流れるなどの描写によって、実写に迫る表現、実写をもしのぐ迫力を生み出したのだ。

このような日本のアニメの流れの到達点のひとつが『千と千尋の神隠し』であり、『機動戦士ガンダム』であり、『ブラック・ジャック』であり、『ドラえもん』なのだ。そして、それは今、世界のマーケットで評価され、実績をあげ続けている。

制約をバネにする、創意工夫と不屈の情熱によって逆境から新しい何かを生み出す――それこそが日本の職人魂、ものづくり魂なのだ。

大工の息子であり、大工の孫であり、はたまた下駄職人の曽孫である私もまた、かつてない出版不況、活字危機の最中で、時代小説の継承と発展に心血を注ぐ覚悟である。

たしかに、最初からイメージを眼に叩きつける映像や劇画、漫画に比べれば、小説は圧倒的に不利である。読者は読んで、理解し、頭の中にイメージを作り上げねばならない。それには読者の側に慣れが必要だ。現代物ですら、それだけ手間がかかるというのに、時代物となると、生活空間が違うのだから、さらに難しくなってくる。

しかし、ひとたび、その面白さを覚えれば、映像や漫画にはない、そして現代物にはない豊穣《ほうじょう》な世界が頭の中に広がって来ることは、本書を手にしている方なら、言うまでもあるまい。

これからも、大勢の読者に喜んでもらえるような活字的快感に充ち満ちた時代小説を末永く書いていきたいと思う。応援をお願いする次第である。

鳴海　丈

（このあとがきは光文社文庫版に記載されたものを一部修正したものです。）

本書は、二〇〇四年九月、光文社から刊行された『闇目付・嵐四郎　破邪の剣』を改題し、加筆・修正し、文庫化したものです。

文芸社文庫

# 地獄の掟 闇目付参上

二〇一四年二月十五日 初版第一刷発行

著 者 鳴海 丈
発行者 瓜谷綱延
発行所 株式会社 文芸社
〒一六〇－〇〇二二
東京都新宿区新宿一－一〇－一
電話 〇三－五三六九－三〇六〇（編集）
〇三－五三六九－二二九九（販売）
印刷所 図書印刷株式会社
装幀者 三村淳


ISBN978-4-286-15086-4

[文芸社文庫　既刊本]

蒼龍の星㊤　若き清盛
篠　綾子
三代と名づけられた平忠盛の子、後の清盛の出生の秘密と親子三代にわたる愛憎劇。やがて「北天の王」となる清盛の波瀾の十代を描く本格歴史浪漫。

蒼龍の星㊥　清盛の野望
篠　綾子
権謀術数渦巻く貴族社会で、平清盛は権力者への道を。鳥羽院をついで即位した後白河は崇徳上皇と対立。清盛は後白河側につき武士の第一人者に。

蒼龍の星㊦　覇王清盛
篠　綾子
平氏新王朝樹立を夢見た清盛だったが後白河との仲が決裂、東国では源頼朝が挙兵する。まったく新しい清盛像を描いた「蒼龍の星」三部作、完結。

全力で、1ミリ進もう。
中谷彰宏
「勇気がわいてくる70のコトバ」——過去から積み上げた「今」を生きるより、未来から逆算した「今」を生きよう。みるみる活力がでる中谷式発想術。

贅沢なキスをしよう。
中谷彰宏
「快感で生まれ変われる」具体例。節約型のエッチではなく、幸福な人と、エッチしよう。心を開くだけで、感じるような、ヒントが満載の必携書。